Tödliche Kehrwoche

Zu diesem Buch

Vierzehn Kurzkrimis aus der Feder von namhaften, teils preisgekrönten Autoren. Nicht immer geschieht ein Mord, auch andere kriminelle Machenschaften sorgen für Spannung.

Aber immer kommt eine schwäbische Spezialität und Eigenart in den Geschichten vor und spielt mitunter eine tödliche Rolle. Begeben Sie sich auf eine kulinarisch-mörderische Reise durch das Ländle.

Im Hohenlohischen verkürzen Brezeln die Wartezeit auf den günstigsten Augenblick der Rache, in Esslingen tobt der Maultaschenkrieg und eine junge Winzerin erinnert der Geruch von Hutzelbrot an einen toten Säugling. In Stuttgart wird ein vergifteter Kartoffelsalat gesucht, die Liebhaberin amerikanischer Krimis schwört auf Linsen mit Spätzle, während ein schwäbischer Humphrey Bogart vorzeitig erben will. Die echte Leiche in der Geisterbahn auf den Stuttgarter Wasen lässt gruseln und ein Gaisburger Marsch ist auch nicht mehr das, was er früher mal war. In Herrenberg bietet ein Ochsenmaulsalat die Gelegenheit, um eine hohe Versicherungssumme zu kassieren, in Meersburg sind Spatzen auf dem Dach und auf dem Teller. Ein Topinambur-Gericht verführt zur Erpressung, in Friedrichshafen erfährt ein Mörder nach einem Rostbratenessen die ausgleichende Gerechtigkeit. Das alte Bauernhaus in Breitenholz birgt ein schreckliches Geheimnis. Eine Heilbronner Bäckerin ist mordsmäßig erfinderisch und das Familienfest in Tübingen nimmt ein tödliches Ende.

Zur Herausgeberin

Gudrun Weitbrecht, geboren in Hessen und im Rheinland aufgewachsen, lebt seit über 30 Jahren in Stuttgart und hat in eine urschwäbische Familie hineingeheiratet.

Sie hat seit 2001 zahlreiche Kurzkrimis veröffentlicht und lehrt an Schulen kreatives Schreiben und Krimi-Schreiben.

Tödliche Kehrwoche

Herausgegeben von Gudrun Weitbrecht

Mit Beiträgen von

Nessa Altura · Sabine Bohnet · Ilse Burkert-Sauer
Jürgen Ehlers · Martina Fiess · Lilo Ulja Heimann
Silvija Hinzmann · Anita Konstandin
Tatjana Kruse · Sandra Lüpkes · Britt Reißmann
Niklaus Schmid · Peter Wark · Gudrun Weitbrecht

THEISS

Bibliografische Information der Deutschen Nationalbibliothek
Die Deutsche Nationalbibliothek verzeichnet diese Publikation in der Deutschen Nationalbibliografie; detaillierte bibliografische Daten sind im Internet über http://dnb.d-nb.de abrufbar.

Umschlaggestaltung: Stefan Schmid Design, Stuttgart

4. Auflage 2011

Lektorat: Karin Haller, Stuttgart
Satz und Gestaltung: ew print & medien service gmbh, Würzburg
Druck und Bindung: CPI – Ebner & Spiegel, Ulm

ISBN 978-3-8062-2126-8

Inhalt

ANITA KONSTANDIN

Frau Nabé tanzt mit mir

Frau Pollich aus dem zwölften Stockwerk sagte, sie habe am frühen Morgen einen Schuss gehört. Das glaubte ihr keiner. Es gab Zeugen, zum Beispiel meine Freundin Kicki und mich, dass Herr Nabé am späten Nachmittag noch den Müll heruntergebracht und dabei sehr lebendig gewirkt hatte. Ich blies mir den Pony aus den Augen und sagte zu dem blonden Kripobeamten: „Herr Nabé trug gegen siebzehn Uhr den Müll runter. Wie kann er da tot gewesen sein?“ Ich erwartete Zustimmung, wenigstens ein kleines Nicken. Stattdessen zweifelnde Blicke aus ungleichen Augen: eins braun, eins blau – woher sollte man wissen, welches man für den Blickkontakt nehmen sollte? Kicki sah ebenso wie ich hin und her unter seinen Brauen, dann nahm sie das blaue Auge und fegte ihn an: „Wenn meine Freundin Flint Ihnen sagt, dass er am Nachmittag noch gelebt hat, dann war das auch so!“

Tatsache war, Kicki und ich hatten uns in Frau Nabé verguckt. Ich noch mehr als Kicki. Obwohl wir nicht mehr in dem Alter sind, wo man schwärmt und verrückte Dinge tut, sondern sich einen vernünftigen Mann sucht und Kinder kriegt. Leider können wir mit Männern nicht allzu viel anfangen und Kinder erinnern uns an Barbies. Von unseren hatten wir uns erst kürzlich in einer stillen, kalten Nacht am Fluss getrennt. Wir schnallten ihnen winzige, selbst gehäkelte Rucksäcke um und füllten sie mit Kieselsteinchen. Es machte nicht einmal Plopp, als sie im Neckar untergingen. Mit ihren langen Beinen kamen sie gleich wieder hoch. Wir drauf mit den Stöcken und noch einmal kräftig dagegengestoßen. Endlich zuckelten sie ins Dunkle hinaus. Im Mondlicht glänzten ihre Fußsohlen. Sie standen ja Kopf in dem kalten, schwarzen Wasser. So hatten wir unsere Kindheit beendet, wenigstens dachten wir, dass das genügt.

Der blonde Polizist machte einen Diener vor einer rothaarigen Dame im Trenchcoat. „Die Ermittlerin", flüsterte Kicki. Die beiden verschwanden in Frau Nabés Wohnung, und wir drückten die Ohren an ihre Tür. Die Kommissarin fragte Frau Nabé, was sie denn für Mülltüten benutze, und Frau Nabé sagte, wie's kommt halt. Und dann wollte die Rothaarige wissen, was so drin gewesen sei in diesem Beutel Müll, den der Tote um siebzehn Uhr in den Müllraum gebracht haben soll, und Frau Nabé sagte: „Volle Kaffeefilter halt und schmutziges Küchenkrepp und irgendwelche Obstschalen und all so ein Zeug."

Da fuhr die Rote aus der Haut und schrie, dass sie gleich eine Mannschaft in den Keller schickt, um die Müllcontainer zu durchwühlen: „Meine Leute finden den vergifteten Kartoffelsalat, darauf können Sie ... wetten!"

Kicki löste ihr Ohr von der Tür und stieß mir ihren spitzen Ellbogen in die Seite. Ich fiel einfach die Treppe runter, machte gar keinen Krach, atmete überhaupt nicht mehr, landete direkt vor unserer Wohnungstür. Kicki kam nach, schloss auf und zog mich am Arm in unsere dunkle Höhle.

Wie sehr wir uns doch in Frau Nabé verliebt hatten. Ich zuerst und am heftigsten. Obwohl sie die sechzig schon überschritten hatte, weit sogar. Es fing in unserer Waschküche an. Sie kam herein, und schon war alles verwandelt. Die Sichtbetonwände lächelten mich an, die Waschmaschinen streckten ihre Bäuchlein vor und grinsten, und der Boden schwankte ganz leicht, wie in einem gemütlichen Schiff. Sie sagte nur: „Bonjour." Das genügte mir völlig, um ihr zu verfallen. Ich krallte mich an meiner Bauknecht fest. Sie sagte: „Madame, obwohl ich Schwäbin bin wie Sie, spreche ich mit französischem Akzent." Ich sagte, das macht gar nichts. Sie fuhr fort: „Isch abe mir den Akzent aus einem Urlaub in der Bretagne mitgebracht, wie andere Leute Onigg, warum auch nicht." Ich pflichtete ihr bei. „Warum auch nicht!" Sie sagte, dass sie gleich nach jenem Urlaub ein Accent aigu über das „e" in ihrem Namen gelegt habe, wegen der Eleganz und aus Trotz. Ich nickte wie blöd. Die Eleganz sei ihr angeboren, sagte sie, der Trotz käme wegen Herrn Nabé, denn dieser verleide ihr das Leben. Ich schluckte schwer. „Herr Nabé – der Statist am Wilhelma-Theater?" Sie nickte ernst.

„Er macht Ihnen das Leben zur Hölle?" In ihren Augen glitzerte es. „Er quält Sie von früh bis spät?"

„Von früh bis spät", wiederholte sie und kippte das Waschmittel auf Ex in den Stutzen. Dann ging sie in ihren spitzen französischen Schuhen aus der Waschküche hinaus.

Kicki gähnte mir entgegen, als ich keuchend zur Tür hereinfiel. „Wir müssen Frau Nabé helfen, ihr Mann macht sie fertig, dieser Grobian! Sie ist ganz am Ende." Meine Spontanverliebtheit schlug Kicki in heißen Sehnsuchtswellen entgegen, und wie immer war sie auf meiner Seite. Sie ergriff ihre Diamantnagelfeile, die vor ihr im Flokati lag, und hielt sie mit nach oben gereckter Spitze in der Faust. Aber ich sagte, diesmal nicht so, nicht so, liebe Kicki. Ein bisschen mehr Eleganz, wenn ich bitten darf.

Die Kripo glaubte Frau Pollich die Sache mit dem Schuss natürlich nicht. Herr Nabé war nicht erschossen worden. In die polizeilichen Akten ging er als astreine Giftleiche ein, da gab es nichts zu rütteln. Die rote Kommissarin war ja dabei gewesen, als die Pathologin am Ende der Obduktion einen kleinen gelben Gegenstand aus Herrn Nabés Mund herauswühlte. „Do hemmer's!", hatte sie gesagt und ein sauber dünn geschnittenes Kartoffelrädle in die Höhe gehalten.

Nicht nur meine Waschmaschine, auch Frau Nabés hübsche alte Miele musste fertig sein. Ich sprang die 222 Stufen hinunter, mein Röckchen hatte gar keine Zeit zum Wehen, so schnell war ich. Frau Nabé war schon da. Sie saß in der Hocke vor dem Bullauge und sah ihrer Spitzenwäsche beim Herumbalgen zu. Ihr Haardutt lag wie ein kleines, dunkel gebackenes Rosinenbrötchen in ihrem Nacken, und ihre Bluse hing ein Stück aus dem langen eleganten Rock heraus, was mich tief bewegte. Ich lächelte sie an und gab ihr unsichtbare Signale. Kicki und ich, Flint, würden sie retten. Sie sah zu mir hoch mit ihren braunen Eichhörnchenaugen, und mein Herz fing an zu hüpfen, sodass auch der Rest nicht mehr stillstehen konnte. Also sprang ich in der weitläufigen Waschküche umher, warf die Arme hoch, drehte mich in der Hüfte. Ich wollte alles tun, um sie aufzumuntern. „Madame!", rief ich ihr zu. Und schon tänzelte ich ganz hinten, bei den Trocknerautomaten, zählte eins, zwei, drei, und bei drei stellte ich mich auf die Zehenspitzen. Da musste ich ja selber lachen, und Frau Nabé lachte mit, aber sehr elegant. Nun sprang ich in großen Sprüngen, kickte ein Bein rechts oder links heraus, und dann ging ich ins Bocken über. Ich bockte wie ein junger Geißbock. Ließ meine Arme vor den Knien hängen, das waren die Vorderläufe, machte einen runden Rücken, und so stob ich durch den gekachelten Raum. Frau Nabé klatschte in die Hände und blickte mich an, als warte sie auf den Startschuss. Ich rief: „Darf ich bitten?“ Und dann ging es aber los! Auch sie ließ die Arme bis unter die Knie baumeln, formte sogar die Hände zu Fäusten, das waren perfekte Hufe, und so bockten wir beide durch die Maschinenreihen. Sie in schwarzen Strümpfen und hocheleganten Pumps, ich im Jeansrock mit Schlitz und weißen Mokassins. Frau Nabé lachte und warf den Kopf mal zu dieser, mal zu jener Seite. Ihr Haardutt entrollte sich, und bald flog ein langer dünner Zopf über ihre Brüste und die schmalen Schultern. Mit beiden Händen raffte sie ihren Midi-Rock bis zu den Schenkeln, die spitzen Schuhe sprangen vorwitzig vor und zurück. Sie warf die Beine in jede Richtung, nach vorn, cha-cha-cha, nach hinten, nach rechts, nach links. Ich drehte mich wie ein Kreisel, die Finger wie eine thailändische Tempeltänzerin nach hinten gebogen. Frau Nabé schien inspiriert. Sie hielt den Hals kerzengerade und rollte mit den Augen. Wie eine indische Schlangenbeschwörerin bauchtänzelte die Exotin zwischen einer Toplader-Constructa und einer schleudernden Bosch. Ich twistete bereits. Frau Nabé machte übergangslos mit. Den Twist beherrschte sie, olálá! Ihre Knie streiften schon fast den Betonboden. Staubflocken aus den Trocknern hefteten sich an ihre Strümpfe. Als sie ganz unten war und ich sprachlos ihrem Zopf zusah, der sich wie von allein auf dem Boden ringelte, da kam Herr Nabé zur Tür herein.

Die Pathologin hielt der Kommissarin die Kartoffelscheibe unter die Nase. „Sehen Sie nur, wie dünn das Rädle geschnitten ist! Das muss eine gute Hausfrau sein, die so dünn rädelt ..."

Die Rothaarige starrte das Beweisstück böse an. Ihr Handy klingelte, sie drückte die Annahmetaste. „Ach, Sie noch mal, Frau Pollich. Was ist Ihnen denn noch eingefallen?"

Bis die Kripobeamtin austelefoniert hatte, rührte die Pathologin in einem Eimer im Trüben herum. „Sehen Sie, das war sein Mageninhalt", sagte sie. Die Rote streckte den Hals und blickte in die bröcklige Brühe. Mit einem langen, spitzen Instrument stocherte die Pathologin auf dem Grund des Eimers herum, dann stach sie zu. „Do hemmer's!", rief sie, und schleuderte etwas Schlickiges, Mausgraues heraus. Die Kommissarin fing den übel riechenden Brocken geschickt mit einer Nierenschale auf. Die Pathologin ließ sich den Inhalt zeigen. „Fleischwurst", sagte sie schlicht. Die Rothaarige kräuselte die Nase. „Ein grob geschnittenes Stück ordinärer Wurst. Einfache, rustikale Kochtradition. Bäuerlich, provinziell. Provinz – Provence? ... Frankreich!" Sie schlug sich auf den Schenkel. „Dachte ich es mir doch!" Da nahm die Pathologin den Eimer und kippte den Inhalt durch einen Seiher. „Machen Sie es sich nur nicht zu leicht", sagte sie. Mit dem Zeigefinger und einem schadenfrohen Grinsen im Gesicht wies sie auf unterschiedlich dicke Kartoffelscheiben. „Sehen Sie! Etwa die Hälfte der Rädle sind grob geschnitten, ganz ähnlich wie die Wurst. Doch die andere Hälfte ist dünn gerädelt. Wenn Sie mich fragen ..." Die Kommissarin bekam einen Hustenanfall.

„Wenn Sie mich fragen", fuhr die Pathologin fort, „handelt es sich hier um zwei verschiedene Kartoffelsalate."

Frau Pollich war noch immer ganz aufgeregt. Sie hatte schnell noch ihr Geschirr gespült und dann die Dame von der Kripo angerufen. Mein Gott, wie die sich bedankte. „Vielen Dank, Frau Pollich, das war ein sehr, sehr wichtiger Hinweis, Frau Pollich!" „Das war doch nur meine Pflicht", säuselte sie und wurde ganz rot und linkisch im Gesicht. Sie drückte das Geschirrtuch ans Herz. Armer Herr Nabé. Keiner hatte ihm geglaubt. Auch wenn er noch so viele Zettelchen in alle 96 Briefkästen steckte, niemand nahm Notiz. Er lebte ja immer weiter – monatelang ging das schon so. Bald jede Woche schrieb er: ‚Hilfe! Meine Frau will mich vergiften!' Das war theatralisch, das passte zu ihm. Ein Theaterstatist! Als er einmal arg zugerichtet aus dem Aufzug in die Vorhalle fiel, konnte es doch jeder sehen! Frau Nabé hatte allen, die ihn umringten, nicht ohne Stolz verkündet: Mein Mann geht ganz in seinen Rollen auf, voilà. Das konnte auch die Mieterin, die unter den Nabés wohnte, bezeugen. „Ich glaube, kein Statist auf dieser Welt probiert eifriger das Fallen als Herr Nabé." Das Fallen? „Ja, im Theater muss man oft fallen, aber geschickt. Herr Nabé muss ein Meister darin sein. Er schreit und fällt, steht auf, schreit und fällt. Bis spät in die Nacht."

Herr Nabé betrat den Raum und mir war, als gefriere all das glucksende und munter plätschernde, schaumtriefende Wasser, das in den Waschmaschinen um uns herrotierte. Ich zog an meinem Jeansrock, als ließe der sich unter die Knie zwingen, und blickte zu Frau Nabé hinunter, die am Boden saß und sich vergeblich mühte, ihr Haar festzustecken. Die meisten Klammern lagen irgendwo auf dem Fußboden, und so hing es ihr nur fadenscheinig herunter. Herr Nabé verschwand nach dieser Vorstellung, und ich rutschte mit dem

Rücken an einer Siemens langsam hinunter zu Frau Nabé. Schweiß bedeckte unsere Gesichter. Die Neonröhren flimmerten, schwarz, weiß, schwarz. Um uns her wurde es tiefe Nacht.

Kicki hatte gestern frei gehabt, was sie einem Rohrbruch in der Apotheke zu verdanken hatte. Der Chef schickte alle Angestellten nach Hause. Kicki feierte den Glückstag mit einem Glas Sekt. „Flint, komm zu mir in die Küche", rief sie. Ich stand im Bad vor dem Spiegel und probierte Lippenstifte aus. Kicki saß am Küchentisch, vor sich ein Halbkreis aus sieben dampfenden Salatkartoffeln. Sie sagte: „Prost!" und hielt mir ein Glas entgegen. Ich schnüffelte erst, bevor ich trank. Unter meinem Pony sah ich ihr zu, wie sie mit einem Messerchen die braune Haut abzupfte und das gelbe Fleisch in Scheiben schnitt. Apothekerhände, dachte ich. Kicki sagte: „Rühr doch bitte die Zwiebelstückchen in der Pfanne glasig." Das war immer mein Job. Dann durfte ich die Küche verlassen. Meine Freundin würde nur noch die lauwarme Fleischbrühe über die Kartoffeln geben, Essig dazu, Pfeffer, Salz und Zwiebelchen, und erst am Ende das gute Öl. Ich lag auf dem Flokati und träumte von Räumen und Schritten.

An unserer Tür klingelte es Sturm. „Flint, mach du auf", rief Kicki. Ich riss die Tür fast aus den Angeln, weil ich dachte, sie ist es. Aber es war nur Frau Pollich und was sie sagte, traf mich mitten ins Herz. „Da! Schauen Sie doch selbst aus dem Fenster!"

Ich drückte meine Stirn an die Scheibe. Frau Nabé verließ in Handschellen das Hochhaus.

Die Kommissarin, die Pathologin und der zweiäugige Polizist schlichen hinter ihr drein. Ich hielt beide Handflächen an das Glas und legte meinen Mund auf die kühle Scheibe. Kicki stellte sich neben mich.

Ich sagte nur: „Warum?" Sie nuschelte irgendwelche Worte, während ich das Glas mit geschlossenen Augen küsste.

„Ach Flint", sagte Kicki. „Ich wollte nur mal bei Herrn Nabé vorbeischauen, einfach so. Ich hab ihm Kartoffelsalat mitgebracht, den mag er so gern."

Ich drehte meinen Kopf in ihre Richtung. Sie machte nervöse Knickse oder eine Art verkürzter Kniebeugen. „Er hat reingehauen wie ein ausgehungertes Tier. Und dann brabbelte er mit vollem Mund, dass dies heute schon sein zweiter Kartoffelsalat sei, und er wüsste gar nicht, welcher besser geschmeckt hätte."

Ich starrte Kicki an, löste meinen Blick und sah hinunter auf den Parkplatz. Es war nur noch eine gelbbraune Staubwolke von dem Polizeiwagen zu sehen, der mit quietschenden Reifen davongefahren war. „Arme Frau Nabé", sagte Kicki – aber viel zu schnell und ganz falsch betont. Ich ließ mich dann einfach auf den Boden fallen und schmiegte meine Wangen an die glatten, eiskalten Fliesen.

SANDRA LÜPKES

Der Feuerraum

Dass es schmal gewesen ist, habe ich nicht vergessen. Doch nun parke ich meinen schwarzen Mercedes längs der fensterlosen Giebelseite und stelle fest, dass mein Auto ebenso lang ist, wie das Haus meiner Großeltern breit.

Ich steige aus dem klimatisierten Wagen und werde von der stillstehenden Sommerhitze, dem Geruch nach Hühnerstall und einer nickenden Nachbarin in Kittelschürze begrüßt. Es ist so lange her, seit ich das letzte Mal hier gewesen bin. Seit meine Großeltern nicht mehr leben, hat es keinen Anlass gegeben, mich hierher zu verirren. Mein kinderloser Onkel Ottmar, der vor drei Wochen gestorben ist, ist mir immer zu fremd gewesen, als das ich ihn hätte besuchen wollen.

Das letzte Mal Breitenholz muss noch vor meiner Pubertät gewesen sein.

Der lange Schlüssel gleitet ins Loch, kein Sicherheitsschloss, so etwas braucht man hier nicht. Ich trete in den Flur. So viel Holz um einen herum, nicht nur die Vertäfelungen und Dielen am Boden, nein, ebenso der Geruch in der Nase. Man fühlt sich wie in einer Orangenkiste mit Deckel. Auch, was die Ausmaße angeht.

Als Kind erscheint alles größer. Und wenn einem dann mit zehn oder zwölf mal etwas klein vorkommt, ist es für Erwachsene winzig. So geht es mir jetzt. Das kleine Haus meiner Großeltern scheint geschrumpft zu sein, als habe jemand die Luft herausgelassen.

Mein Opa hat mir vor langer Zeit erklärt, dass man früher die freistehenden Wohnhäuser in den Dörfern so schmal gebaut hat, damit sie sich besser heizen ließen. In der Mitte des Gebäudes befindet sich der Feuerraum, würfelförmig und etwas mehr als einen Kubikmeter groß, in den man durch eine der zwei Öffnungen regelmäßig Holz oder Briketts nachlegen muss, damit die Flammen schlagen und die Hitze durch die Ofenrohre bis in den hintersten Mauerwinkel vordringen kann.

Ich sehe die Luke im Flur. Am Boden liegt noch schwarze Asche. An der Wand hängen einsatzbereit Schürhaken, Schaufel und Besen. Doch ich höre kein Knistern hinter den flaschengrünen Fliesen. Es ist kalt. Der Ofen ist aus.

Ich denke an meinen Onkel Ottmar. Er war immer für das Nachheizen zuständig und er wusste, dass ich Angst vor dem Feuerraum hatte. Ab und zu hatte er sich einen Scherz erlaubt und behauptet, er wäre die Hexe und mein Bruder und ich seien Hänsel und Gretel. Und der Ofen würde nur geheizt, weil er uns zum Abendessen braten wolle. Mein Onkel hat diese Witze immer nur gemacht, wenn sonst keiner da war. Auch uns Kinder hat er immer nur einzeln erwischt. Christoph hat mir dann mal abends im Bett flüsternd gestanden, dass er Angst vor dem Onkel und seinen Schauermärchen hatte. Ich war erleichtert, dass es ihm ebenso ging wie mir. Nur den Erwachsenen erzählten wir nichts davon. Onkel Ottmar war nicht ganz dicht, das wussten wir alle, aber sprachen es nicht aus, um Großmutter nicht zu kränken, die sich immer so rührend um das Sorgenkind kümmerte. Wir liebten die Oma. Warum hätten wir sagen sollen, dass

Onkel Ottmar gern Mäuse im Holzlager fing und lebendig in die Flammen warf?

Ich wende mich vom Feuerraum ab. Selbst wenn er jetzt an gewesen wäre, hätte ich gefroren.

Man gelangt immer von einem Zimmerchen ins nächste, alles Durchgangsräume wie in einem langen Zug: Flur, Essküche, Badezimmer, Klo zur rechten Seite; links vom Ofen sind Wohnstube, Elternschlafzimmer und Wäschekammer. Neben der Eingangstür führt noch eine steile Treppe hinauf zu den drei kleinen Dachkammern, in der mittleren hat Onkel Ottmar geschlafen.

Ich nehme den Weg zur Küche.

Alles in diesem kleinen grauen Haus ist so konstruiert, dass es möglichst unkompliziert – sprich: möglichst altmodisch funktioniert. In der Küche nimmt ein klobiger, mit Feuer geheizter Herd den größten Platz in Anspruch, das Badewasser wird in einem Gasboiler erhitzt, und es gibt tatsächlich noch ein Plumpsklo mit Grube darunter, die einmal im Monat geleert werden muss.

Man könnte hier gut eine Busladung Japaner durchführen, die würden dann fotografieren, wie die Menschen vor hundert Jahren in Deutschland gelebt haben.

Nun, ich habe dieses kleine Quasi-Museum vor ein paar Tagen offiziell geerbt.

Gerade ich, die Großstadtpflanze, die es sich allein lebend auf knapp 200 Quadratmetern in einem Stuttgarter Loft bequem gemacht hat. Solarzellen über dem Dachgarten, eine Einbauküche, deren Ausstattung auch zur Bewirtung eines mittelgroßen Restaurants reichen würde, und zwei Bäder nebst separater Gästetoilette.

Was soll ich mit diesem Haus anfangen, außer vielleicht heute einmal durch die leeren Räume schlendern und längst vergessenen Kindertagen nachgehen? Ein bisschen Déjà-vu ist ja ganz nett, weißt du noch damals, als Opa Apfelmost in den großen Kanistern im gruseligen Keller gelagert hat? Und kannst du dich noch an den Geschmack von Omas Dampfnudeln mit Zwetschgenkompott erinnern? Mein Vater hat einmal acht der süßen Hefeknödel geschafft und somit Onkel Ottmars Rekord von sieben Stück gebrochen. Wir saßen jubelnd am Holztisch, der mit einer grün geblümten Wachsdecke vor unseren fettverschmierten Fingern geschützt wurde. Nur Onkel Ottmar ist sauer gewesen und hatte daraus auch keinen Hehl gemacht. Mein Bruder Christoph hatte auch mithalten wollen, aber nach Fünfen ging gar nichts mehr, und er hatte sich noch am Nachmittag fürchterlich erbrochen, weil die Hefe in den Dingern im Magen nachbläht, besonders wenn man Süßmost dazu trinkt.

Mein Bruder Christoph. Es wäre schön, er wäre jetzt bei mir und wir könnten uns gemeinsam erinnern. Das wäre wirklich wunderbar.

Aber es wäre schon unbezahlbar, wenn ich nur wüsste, wo er ist. Lange hat der Wunsch nach Gewissheit über Christophs Schicksal mich in Ruhe gelassen, doch heute flammt er auf wie früher das Feuer im Ofen meiner Großeltern.

Ich will das Ganze hier verkaufen, sobald wie möglich. Mein Unternehmensberater will nur noch vorher berechnen, ob es rentabler ist, alles im jetzigen Zustand zu verhökern, oder das Gebäude lieber abzureißen und das sicher reizvolle Grundstück mit einem modernen Fertighaus zu versehen. Breitenholz ist ideal für Familien mit kleinen Kindern. Natur, Dorfidylle und nur knapp zwanzig Minuten nach Tübingen oder Herrenberg.

Ganz kurz habe ich überlegt, ob ich mir ein Wochenenddomizil einrichte, kleine Flucht aus Stuttgart, wenn der ganze Rummel zu viel wird. Aber im selben Augenblick war mir klar, nur eine Nacht hier an diesem Ort bedeutet für mich mehr Stress, als drei Jahre ohne Urlaub weiter die steile Karriereleiter zu erklimmen.

Schon jetzt, diese wenigen Minuten, die ich durch das Haus wandle, machen mich fix und fertig. Ich will mir die Stube anschauen, aber ich weiß, ich muss an dieser Luke vorbei, hinter der ich die Mäuse oft noch eine winzige Ewigkeit habe piepsen hören, bevor sie die Hitze ihrer brennenden Kadaver durch die Ofenrohre schickten. Als ich den Flur passiere, halte ich mir die Ohren zu.

Im Wohnzimmer hängt ein Bild von Christoph und mir. Meine Großeltern haben es dort über der Nussbaumanrichte vor einem Vierteljahrhundert an die Wand genagelt. Wir sind beide nicht älter als acht auf dem Foto. Wir sitzen in kurzen Hosen auf der Bank vor dem Haus, lachen beide mit einem Dolomiti-Eis in der Hand. Christoph hat gern Dolomiti gegessen. Was würde er sich heute aus der Truhe beim Lebensmittelgeschäft neben dem Dorfbrunnen aussuchen? Dolomiti gab es schließlich nicht mehr. Aber als Christoph verschwand, war dieses grün-rot-weiße Wassereis noch im Sortiment. Daran kann ich mich erinnern, weil meine Oma versucht hat, mich abzulenken, und ich aus diesem Grund an jenem Tag mehr Eis am Stil gelutscht habe als jemals zuvor oder danach.

Nur einmal habe ich meine schon von den Farbstoffen gescheckte Zunge von der süßen Nascherei gelassen und meiner Mutter gesagt, ich hätte Angst, der Onkel Ottmar hätte meinen Bruder in den Feuerraum gesteckt. Da bekam ich eine Ohrfeige von ihr verpasst. „Pfui. Nur weil der Onkel ein bisschen anders ist, musst du nicht so etwas Scheußliches von ihm behaupten. Der Christoph ist bestimmt nur in den Wald gelaufen, zum Abenteuerspielplatz, du wirst sehen, beim Abendessen ist er wieder hier."

Ich nutzte das nächste Eis dazu, meine brennende Wange zu kühlen. Zum Abendessen gab es an diesem Tag überhaupt nichts. Christophs Tischplatz wäre frei geblieben.

Erst viele Monate später, kurz bevor meine Eltern sich wegen der ganzen Geschichte, wegen der gegenseitigen Vorwürfe und unterdrückten Schuldgefühle scheiden ließen, hat meine Mutter mich noch einmal darauf angesprochen. „Der Onkel Ottmar, meinst du? Mein Bruder? Wie kommst du eigentlich darauf?"

Ich war damals zehn, ich sprach von Hänsel und Gretel, erzählte von piepsenden Mäusen, und meine Mutter hörte ganz schnell wieder weg. Wenn sie bald darauf nicht so krank geworden wäre, hätte sich vielleicht noch einmal die Gelegenheit ergeben. Aber so starb sie zu früh. Und mein Vater, der mit Onkel Ottmar und der ganzen Sippe in Breitenholz sowieso nichts zu schaffen hatte, schließlich war er nur ein ehemals Angeheirateter, er setzte sich nach Thailand ab und nahm sich eine Frau, die meine Schwester hätte sein können.

Ich bin seitdem allein. Es macht mir nichts aus. Wen kann ich schon lange um mich ertragen? Und wenn ich doch mal jemanden mag, weil er mir zuhört und mit mir lacht, dann geht das nicht lange gut. Irgendwann schlage ich alle in die Flucht. Weil ich immer noch nicht erzählen kann, was ich damals gesehen habe, hier in diesem Haus.

Im Schlafzimmer meiner Großeltern ist keine Matratze auf dem ausladenden Doppelbett. Die lila geblümte Tagesdecke aus Polyester liegt flach auf dem Lattenrost, wie Rippen zeichnen sich die Bretter des durchgelegenen Bettgestells unter den Rüschen ab. Es sieht nicht so aus, als habe Onkel

Ottmar den Raum je genutzt, nachdem er allein im Haus lebte. Er ist wohl bis zu seinem Lebensende in der Schlafkammer unterm Dach geblieben.

Warum ist Onkel Ottmar eigentlich so seltsam gewesen? Meine Mutter erwähnte einmal, er sei beim Schlittschuhlaufen ins Eis eingebrochen und zu lange unter Wasser geblieben. Seitdem wäre ihr Bruder nie wieder der Alte geworden. Und Oma hätte gelitten, denn sie hatte doch nicht genug auf den Sohn aufgepasst, deswegen war die Katastrophe überhaupt geschehen. Darum haben alle Onkel Ottmar immer normaler gemacht, als er eigentlich war, damit Großmutter nicht an den Gewissensbissen zugrunde ging. Eine verlogene Geschichte war das. Und sie hat nichts genutzt.

Im Gegenteil. Unsere Unehrlichkeit hat dazu geführt, dass Christoph verschwunden ist.

Der kälteste Raum ist die hintere Wäschekammer. Die Außenwand geht zur Straße, mein schicker Wagen parkt dort draußen jenseits der verputzen Mauer. Ich weiß, es ist jetzt meine Aufgabe, die Schränke zu sortieren. Selbst die Kleider meiner Großeltern scheinen noch nicht weggeräumt worden zu sein, ich sehe den Ärmel von Opas Festtagsanzug durch das dunkelgelbe Glas der Schranktür. Daneben Omas groß gemustertes Kleid, welches ich nur von alten Fotografien kenne. Onkel Ottmar hat immer dieses blaue Flanellhemd getragen, die Ärmel hochgekrempelt, ein paar Uraltflecken auf der Brust. Auch damals, als er mir gedroht hat, mit mir dasselbe zu machen, wenn ich petzen würde, auch damals hatte er dieses Hemd getragen. Christoph hatte ihm einen Knopf abgerissen, einen von den oberen. Ich könnte nachschauen, ob Großmutter ihn wieder angenäht hat. Dahinten hängt das blaue Teil, an einem Wandhaken über dem Bügelbrett. Es ist alles noch da. Würden sie alle jetzt zum Leben erweckt werden, sie könnten in dieses Haus kommen und sich zurecht finden, als wäre nicht ein einziger Tag vergangen. Man müsste nur heizen. Es ist furchtbar kalt hier.

Dabei ist August. Einer der heißesten Sommer seit Jahrzehnten. Und ich friere. Es liegt gar nicht an der Temperatur.

Ich gehe zurück in den Flur und steige langsam, Stufe für Stufe, die Treppe zum Dachgeschoss hinauf. Hier ist es wärmer. Heiße Luft steigt nach oben.

Die Stufen erinnern mich an einen erfolglosen Versuch. Ich bin in Stuttgart mal beim Psychologen gewesen. Eine Freundin hat mich dazu gezwungen, sie war eine von der Sorte, die nicht locker gelassen hatte, der ich nicht vorspielen konnte, ich hätte alles im Griff. Und irgendwie hatte sie die Geschichte mit Christoph in Erfahrung gebracht. Und so hatte sie darauf bestanden und mir gleich eine Visitenkarte auf den Tisch geknallt von einem Experten, der sich mit Hypnose auskennt. Meine Freundin war sicher, wenn ich mich im Normalzustand nicht daran erinnern kann, was damals wirklich mit meinem Bruder geschehen ist, dann könne mir das Unterbewusstsein davon erzählen, und danach ginge es mir besser. Ich habe es versucht, der Hypnotiseur ist mit mir Stufe für Stufe in die Tiefe meiner Seele gestiegen, um etwas zu finden. Doch so einfach ist es nicht. Denn wenn man etwas nicht will, dann will man es nicht, und da kann noch so viel Hokuspokus veranstaltet werden. Irgendwann hat der Psychologe kapituliert – dies ist kein Willensduell zwischen Ihnen und mir, sagte er – und hat bis drei gezählt. Wir sind die Stufen in meinem Inneren wieder hinaufgestiegen. Daran muss ich nun denken, bis ich vor der Schlafkammer stehe.

Onkel Ottmars Zimmer. Die Tür ist angelehnt, durch den Spalt sehe ich sein karges Bett unter der Dachschräge, das kitschige Schutzengelbild über dem Nachttischchen, der Digitalwecker mit Radio blinkt. Der stand damals noch nicht neben dem Bett.

Damals war dort eine kleine Leselampe, deren gelblicher Schein nicht hell genug war, um alles erkennen zu können. Das blaue Hemd war aufgeknöpft. An Onkel Ottmars Hand sah man dunkle Flecken, Asche aus dem Ofen, Christoph hatte sicher den Geruch in der Nase, als ihm der Mund zugehalten wurde. Meine Eltern waren an diesem Tag in Tübingen einkaufen. Meine Oma hat gekocht. Mein Opa hat Äpfel gepflückt. Ich habe zugesehen. Durch diesen Spalt. Und geschwiegen.

Mein Handy vibriert in der Handtasche. Ich starre weiter auf den Türspalt und ziehe das Gerät wie blind heraus, klappe es auf, halte es an mein Ohr.

„Hallo? Bist du dran?“

Ich kann nicht fassen, dass hier in diesem Haus ein mobiles Telefongespräch möglich ist. Fast kommt es mir vor, als prallten gerade Vergangenheit und Gegenwart aufeinander. Alles verdichtet sich. Wie ein schwarzes Loch im Weltall. Hier im Haus meiner Großeltern ist es aufgetaucht, und ich stürze hinein.

„Ich bin dran.“

„Du, ich hab mich erkundigt wegen der Immobilienpreise. Gratulation, da hast du ein richtiges Sahnestückchen geerbt.“

„Hmm.“

„Tolle Lage, heiß begehrtes Wohnobjekt. Der einzige Nachteil ist, dass das Grundstück im Prinzip überbaut ist. Das bedeutet, wenn wir neu planen wollen, können wir das Ganze nicht so üppig gestalten. Grenzabstand und so. Fertighaus können wir uns ganz abschminken. Aber so was Historisches hat doch auch seinen Reiz, oder nicht? Es ist doch ganz hübsch, wie ich auf dem Foto sehen konnte. Also lass das Häuschen stehen, verkaufe es, wie es ist, die Interessenten werden dir die Bude einrennen."

„Hmm."

„Bist du noch dran?"

„Wir werden es abreißen lassen", sage ich.

„Ich rate dir dringend ab. Du kannst nie wieder etwas in der Größe bauen, verstehst du? Das Grundstück allein ist quasi wertlos. Aber mit dem Haus ..."

„Sag der Abbruchfirma Bescheid. Die sollen so bald wie möglich anfangen."

„Du bist verrückt!

„Bin ich nicht. Nie gewesen", sage ich, klappe das Handy zusammen und drücke den Türspalt zu. Als ich die Stufen hinuntergehe, wird der Geruch nach verbranntem Holz wieder stärker. Ich halte die Luft an, bis ich im Auto bin.

PETER WARK

Ironie des Schicksals

Rolf-Dieter Kutzke kam an einem frühen Donnerstagnachmittag an. Das Seehotel zu finden, war wirklich einfach gewesen. Das erste Haus am Platze lag zentral. Mit einem Gefühl der Vorfreude auf seinen Urlaub, diesen ersten Urlaub ohne Felicitas, ließ er den Range Rover auf dem Hotelparkplatz ausrollen. Es schien so, als kämen die vier Sterne nicht von ungefähr, mit denen sich das Seehotel in seinem Internetauftritt schmückte. Alles machte schon von außen einen sehr gediegenen Eindruck. Das Seehotel war der Beweis dafür, dass Hotels in unmittelbarer Bahnhofsnähe nicht zwingend billige Absteigen sein müssen.

Die Autos auf dem Parkplatz waren fast alle der oberen Mittelklasse oder der Luxusklasse zugehörig, sodass Kutzkes Geländelimousine sich in dieser Umgebung weder protzig noch ärmlich machte. Eigentlich hasste er diesen für ein Leben in Deutschland vollkommen ungeeigneten Wagen. Natürlich war es die Idee von Felicitas gewesen, sich solch ein lächerliches Auto zu kaufen. „Für unsere Outdoor-Aktivitäten", wie sie gesagt hatte.

Rolf-Dieter Kutzke wollte noch eine Art Schamfrist verstreichen lassen, bevor er den Range Rover gegen einen großen Mercedes eintauschen würde. Eine S-Klasse, das war es, was ihm vorschwebte. Leder, Wurzelholz, ein kultivierter Motor – Luxus auf vier Rädern eben und eine Technik, die auch funktionierte.

Kutzke beglückwünschte sich dazu, im Seehotel gebucht zu haben. Vierzehn Tage Urlaub am Bodensee, so etwas war in den vergangenen fünfzehn Jahren nicht möglich gewesen. Dabei entsprach das eigentlich ziemlich genau seinen Vorstellungen von einem entspannenden Urlaub. Erholung während der schönsten Wochen des Jahres, das war für Felicitas ein Fremdwort gewesen. Sie war der Abenteurer-Typ: Camping in Kanada, Urwaldtrekking in Malaysia. Wie er es jedes Mal gehasst hatte, wenn sich Felicitas an die Urlaubsplanung machte! Schließlich wusste er ganz genau, was ihn erwarten würde: eine Plackerei in wilder Natur auf einem Kontinent, den er eigentlich überhaupt nie betreten wollte. Aber das war jetzt vorbei. Ein für alle Mal.

Er wollte die liebliche Landschaft am Bodensee genießen, ohne sie selbst erwandern zu müssen. Wollte in aller Ruhe in den Cafés sitzen, in den Restaurants gut und reichlich essen. Dazu wollte er sich der regionalen Kultur nähern, vielleicht den ein oder anderen Spaziergang am See entlang machen. Das sollte es dann aber auch schon gewesen sein mit körperlicher Aktivität. Nie mehr in seinem neuen Leben, das wie eine einzige Verlockung vor ihm lag, würde er sinnlos auf irgendwelchen erloschenen Vulkanen herumkraxeln, in arktischer Kälte Kanu fahren oder sich in Trekkingstiefeln durch einen ungezieferverseuchten südamerikanischen Urwald quälen.

Nein, das hatte er hinter sich. Fünfzehn Jahre lang hatte er diese verhasste Art der Verschwendung seiner Zeit ertragen, alles nur Felicitas zuliebe. Schließlich war sie diejenige mit dem Geld. Sie bestimmte, wann sie wohin in Urlaub flogen, und sie bestimmte auch sonst so ziemlich alles, was es in ihrer Ehe zu bestimmen gab.

Vergangenheit. Das war Vergangenheit.

Nach ihrem Ableben hatte er nach außen hin monatelang tief empfundene Trauer demonstriert, dabei hatte er sich innerlich so frei und glücklich gefühlt wie nicht mehr seit seinen Jugendtagen. Die Nachbarn sahen ihn leiden, ihn, den Witwer in den besten Jahren, der jetzt zwar ein schmuckes Haus besaß, das Haus seiner Frau, aber eben seine geliebte Ehegattin verloren hatte.

Rolf-Dieter Kutzke schnappte sich vom Rücksitz den Koffer, den er vor kurzem für obszön viel Geld erstanden hatte, Geld aus dem Nachlass von Felicitas. Beschwingt ging er auf den Eingang zu. Eine freundliche junge Frau, deren Namensschild sie als *Birte Ketterer, Auszubildende* auswies, öffnete ihm lächelnd die Türe. „Guten Tag, herzlich willkommen im Seehotel. Den Empfang finden sie gleich links."

So ließ er sich das gefallen. Kutzkes Hochstimmung hielt an. Mit Felicitas war er nie in solchen Etablissements abgestiegen, da mussten es Zelte, primitive Hütten oder sogar der bemooste Waldboden sein.

„Zimmer 33", sagte eine ebenfalls lächelnde, verdammt gut aussehende Frau am Empfang und drückte Kutzke ein rechteckiges Stück Plastik im Scheckkartenformat in die Hand, das den Schlüssel darstellte. „Frühstück gibt es von 6 bis 10 Uhr in unserem Frühstücksraum" – sie zeigte nach rechts – „oder auf dem Sonnendeck". Lächelnd. Ein Geschöpf, als wäre es geradewegs vom Himmel auf die Erde herabgestiegen. Dagmar Eiselstein, so hieß die Schönheit laut ihrem Namensschild. „Einen wunderschönen Aufenthalt", wünschte sie und es klang für Kutzke gerade so, als meine sie es vollkommen ernst und sehe diese Wünsche nicht nur als Teil ihrer beruflichen Aufgabe in diesem Haus an. Dagmar Eiselstein trug ihr kastanienbraunes Haar lang und offen. Ganz im Gegensatz zu Felicitas, die auf ihrer blonden Kurzhaarfrisur bestanden hatte, obwohl lange Haare viel besser ausgesehen hätten. „Viel praktischer so", das war ihr Widerspruch ausschließendes Argument, wenn er auf das Thema zu sprechen kam. Er hatte es schon vor Jahren aufgegeben wie so vieles andere auch, denn Felicitas war nicht nur reich, sie war auch beim Argumentieren und Streiten die Stärkere. Wie immer man es drehen und wenden wollte: Er war ihr nicht gewachsen gewesen.

Sein Zimmer gefiel ihm. Es war raffiniert geschnitten, modern, aber wohnlich eingerichtet. Ein Zimmer zum Wohlfühlen. Rolf-Dieter Kutzke legte sich auf das Bett, ein Doppelbett. Die Matratze war eindeutig von der besseren Sorte, straff, eine erholsame Nachtruhe versprechend. Das Seehotel schien die perfekte Ausgangsbasis für seine touristischen Unternehmungen in den nächsten beiden Wochen zu sein.

Er schaute in den modernen Designer-Spiegel im Bad und war ganz zufrieden mit dem, was er sah. Das gewellte Haar modisch kurz geschnitten, mit genau der richtigen Menge von Grau an den Schläfen, ein Gesicht, das man bei wohlwollender Betrachtung noch als einigermaßen markant bezeichnen konnte, ein leicht arroganter Ausdruck um die Mundpartie. Ja, er war zufrieden mit sich wie schon seit vielen Jahren nicht mehr.

Kutzke fühlte sich voller Energie. Das war bei den vielen Urlauben ganz anders. Da konnte er oft schon vier, fünf Nächte vor dem Abflug nicht mehr richtig schlafen angesichts der zu erwartenden Strapazen. Felicitas störte das nicht weiter, sie hatte sich daran gewöhnt, dass er der Schlappschwanz in ihrer Beziehung war; jemand, den man an die Hand nehmen und kommandieren musste. So hatte sie die Sache gesehen. Und er selbst? Er hatte sich ja nie ernsthaft gewehrt.

Bis vor einem halben Jahr.

Er gönnte sich eine Dusche, inspizierte dann das Hotel.

Dagmar Eiselstein saß noch immer hinter ihrem Tresen am Empfang. Unverdrossen lächelnd. Sie deutete auf einen Ständer mit Prospekten und Faltblättern, in denen die Schönheit des Bodensees und die Attraktionen rund um den See ins rechte Licht gerückt wurden. Kutzke griff wahllos nach einigen Prospekten und bemühte sich, den Small Talk mit der jungen Frau nicht abreißen zu lassen. In seinem Kopf schlug die Fantasie wilde Purzelbäume.

„Ich werde nachher wohl mal die Stadt erkunden", weihte er sie in seine Pläne für diesen ersten Urlaubsnachmittag ein. Dafür belohnte sie ihn mit einem weiteren Lächeln und mit Tipps darüber, was er sich unbedingt ansehen müsse. Besonders legte sie ihm das Zeppelin-Museum ans Herz. „Wer das nicht gesehen hat, der war nicht in Friedrichshafen", sagte sie. „Und die Schlosskirche, die müssen Sie sich anschauen. Sie ist mit ihren Kuppeltürmen so etwas wie das Wahrzeichen der Stadt."

Was für ein Tag! Welch ein Wetter! Blühende Natur, strahlender Sonnenschein. Das war hier doch fast vor seiner Haustüre, in zwei Stunden zu erreichen, und doch erschien es Kutzke, als sei er, zumindest vorübergehend, im Paradies gelandet. Kein Sonnenaufgang am Ayers Rock und keine Fahrt über Land in Costa Rica konnten es hiermit aufnehmen, glaubte er. Vielleicht schwang in seiner Erinnerung an solche Urlaubserlebnisse deshalb so viel Negatives mit, weil die Präsenz von Felicitas aus jedem noch so schönen Tag einen Tag in der Vorhölle für ihn gemacht hatte.

Gut gelaunt schlenderte er an der Seepromenade entlang, bog dann ab in die angrenzenden Straßen und Gassen. Immer weiter zog er seine Kreise, ohne einen festen Plan. Er ließ sich einfach treiben, war erfreut über das Erscheinungsbild der Stadt, die ihm so ungeheuer sauber, geradezu keimfrei, erschien. Mit echtem Interesse studierte er die Hinweistafeln an vielen der historischen Gebäude. Er spazierte ohne Ziel umher. In der Gartenlaube einer Weinstube, deren Eingang rebenumrankt war, gönnte er sich ein Viertel Rotwein und war angenehm überrascht von Geschmack und Qualität des einheimischen Gewächses. Überhaupt – er wollte in den kommenden Wochen durchaus reichlich dem Alkohol zusprechen. Früher hatte er immer gehässige Bemerkungen von Felicitas ertragen müssen, wenn er trank.

Und Fleisch wollte er essen. Viel Fleisch. Bei Felicitas gab es das nie. Sie ernährte sich von Reis und Gemüse und behauptete, Fleisch mache krank, fett und behäbig. Na und? Er hatte nichts dagegen, behäbig zu werden, er war ja keine zwanzig mehr. Kutzke trank und beobachtete die anderen Urlauber, Paare vorwiegend, die zum größten Teil längst in der zweiten Halbzeit ihres Lebens angekommen waren. Männer und Frauen, die ihre gemeinsame Kommunikation in zahlreichen gemeinsamen Jahren minimiert und sich einfach nichts mehr zu sagen hatten. Das kam ihm bekannt vor, erlebt am eigenen Leib, in seinem Leben mit Felicitas. Einem Leben, das zu Ende war, endlich zu Ende.

Rolf-Dieter Kutzke orderte noch ein Glas und ließ sich von der Bedienung, einer überaus patent wirkenden Frau mit

Rubensfigur, die Speisekarte bringen. Er war mit sich im Reinen und mit der Welt versöhnt, was zweifelsfrei erheblich mit der dauerhaften Abwesenheit von Felicitas zu tun hatte. Zum ersten Mal seit langer Zeit war er ohne eine nörgelnde Gattin im Urlaub, die ihm wieder und wieder vorhielt, er sei auf allen Ebenen ein Versager.

Es ärgerte ihn, dass die Erinnerung an Felicitas regelmäßig durch seine Gedanken waberte, obwohl sie schon lange beerdigt war. Am liebsten hätte er auch seine Erinnerungen an seine Frau und die letzten fünfzehn Jahre beerdigt. Ausgelöscht für immer. Doch so einfach war das nicht. Einfach, wirklich einfach war es dagegen zu bewerkstelligen gewesen, die jahrelang im Kopf gewälzten Pläne in die Tat umzusetzen. Nicht nur im schroffen Hochgebirge stürzen die Leute zu Tode.

Die liebevoll, individuell gestaltete Speisekarte listete eine ganze Reihe von einheimischen Spezialitäten auf. Zu jedem Gericht gab es eine kleine Erklärung. Während er noch aussuchte, summte Rolf-Dieter Kutzke unbewusst vor sich hin. Er entschied sich für einen schwäbischen Rostbraten. Etwas Herzhaftes schien ihm bestens zu dem Wein zu passen. *Rostbraten vom Grill an Filderkraut,* las er. Natürlich hatte er schon öfters einen Zwiebelrostbraten gegessen, aber meistens mit Pommes, noch nie mit Sauerkraut. Er war neugierig. *Klassisches schwäbisches Essen, das dem Württemberger lieber ist als alle kulinarischen Herrlichkeiten dieser Welt zusammen.* Der Gedanke an ein saftiges Stück Fleisch, dick belegt mit gerösteten Zwiebeln, ließ ihm das Wasser im Mund zusammenlaufen. Er bestellte mit großer Vorfreude und ließ sich gleich noch ein weiteres Glas von dem Roten bringen. Das Fleisch orderte er „medium".

Zur Hälfte hatte er bereits ausgetrunken, als die Bedienung das Essen servierte. „Mit den besten Wünschen der Küche", sagte die sympathische Frau lachend. „Der Rostbraten ist eine Spezialität meines Mannes." Dann war ihr Mann also der Koch und sie nicht nur die Bedienung, sondern die Inhaberin, reimte Kutzke sich zusammen.

Das Essen war ein Gedicht. Perfekt geradezu. Das einzige was ihn störte war, dass sich schon wieder Gedanken an Felicitas hinterhältig in seinem Kopf eingenistet hatten, was er als irritierend empfand.

Felicitas hatte darauf bestanden, dass sie vor ihrer geplanten Kilimandscharo-Besteigung in jeder freien Minute im Mittelgebirge vor ihrer Haustüre wandern gehen, um für das Afrika-Abenteuer (wie sie es genannt hatte) zu trainieren. Auch in der Fränkischen Schweiz gibt es Felsen und felsartige Steinvorsprünge.

Ein Stoß, es war wirklich nur eine Art Schubsen, genügte. Felicitas stürzte in die Tiefe, fünfzehn Meter, wie die Polizei später bei ihren Ermittlungen feststellte. Einen Meter für jedes Lebensjahr, das sie ihm gestohlen hatte, so sah Kutzke es. Ein bedauerlicher Unfall, wie sie eben hin und wieder vorkommen, weil die Wanderer so unvorsichtig sind. Selbst die Polizisten, die in der Sache ermitteln mussten, sprachen Rolf-Dieter Kutzke ihr Beileid aus.

Der Rostbraten mundete wirklich außergewöhnlich gut. Er nahm sich vor, während seines Urlaubs noch häufiger in diese Weinstube zu kommen. Das sagte er auch der Inhaberin, als er die Rechnung beglich. Die rundliche Frau freute sich augenscheinlich sehr darüber. Das Geheimnis sei, neben dem qualitativ hervorragenden Fleisch natürlich, dass man das spezielle Sauerkraut aus dem berühmten Filder-Spitzkraut verarbeite, und kein anderes.

Ob er wohl das Rezept haben könne, fragte Kutzke ganz spontan und war im gleichen Moment selbst über seinen Vorstoß überrascht, da er so gut wie nie selbst kochte.

„Aber natürlich", antwortete die Frau wie aus der Pistole geschossen und rasselte das Rezept herunter, als würde sie Tag und Nacht nichts anderes machen als Filderrostbraten zu zaubern. „Sie nehmen pro Person einen Rostbraten von mindestens 200 Gramm. Den müssen sie klopfen, würzen und mit Öl bepinseln. Dann braten sie ihn auf dem Grill zartrosa. Währenddessen bereiten Sie das Kraut zu. Wie gesagt: Es muss das einzigartige Spitzkraut sein. Sie rösten Zwiebeln und Speck in heißem Schmalz an. Wenn sie goldbraun sind, geben sie das Sauerkraut drauf. Gezupft, es muss gezupft sein." Die Frau strahlte ihn an, ehrlich glücklich darüber, ihr Wissen um kulinarische Feinheiten mit ihm teilen zu dürfen. „Dann würzen und umrühren. Vergessen Sie dabei Ihren Rostbraten nicht! Dann Brühe oder Sud übers Kraut geben und 90 Minuten kochen lassen, bis es recht weich ist. Ganz wichtig: Während der letzten Viertelstunde mit etwas Zucker nachschmecken und einen guten Schuss Weißwein zugeben."

Kutzke war glücklich und beneidete diese bodenständige Frau zugleich um ihre offensichtliche Freude an dem, was sie tat. Er gab ein großzügiges Trinkgeld und reservierte für Samstagabend einen Platz.

Anhaltend gut gelaunt war er nach seinem Spaziergang ins Hotel zurückgekehrt. Die Dämmerung hatte bereits eingesetzt. Er entschied sich noch für ein paar Absacker an der Hotelbar, bevor er mehr als nur ein wenig angetrunken auf sein Zimmer ging.

Den nächsten Tag verbrachte Kutzke, indem er dem Rat der Empfangsdame folgte und sich das Zeppelinmuseum und die Schlosskirche ansah. Dann fuhr er hinüber nach Fischbach ins Strandbad, das ihm in einem der Prospekte empfohlen worden war, die er tags zuvor an der Rezeption mitgenommen hatte. Der Tag verging wie im Flug. Es war schon Zeit für ein letztes Glas an der Bar, als er ins Seehotel zurück kam. An der Theke saß eine einzelne Frau, die um die vierzig Jahre alt sein mochte und ein Glas Rotwein vor sich stehen hatte. Er setzte sich ebenfalls an die Theke und achtete darauf, zwei Barhocker zwischen sich und der Frau frei zu lassen. Sie schaute kurz herüber, grüßte mit einem knappen Kopfnicken und demonstrierte ansonsten Desinteresse. Schade eigentlich, dachte Kutzke, als er die Frau hinter seiner Getränkekarte verstohlen musterte. Was er sah, gefiel ihm ausgesprochen gut. Sicher, mit der Klasse von Dagmar Eiselstein konnte sie es nicht aufnehmen. Sie hatte aber das, was man gerne als „das gewisse Etwas" bezeichnet, wenn einem die Worte ausgehen, man aber von der Gesamterscheinung beeindruckt ist. Die Frau war nicht die klassische Schönheit, aber sie versprühte Persönlichkeit und das wiederum machte sie in Kutzkes Augen ausgesprochen attraktiv. Sie trug halblange Haare, die in einem rötlich-braunen Ton gefärbt waren und im Zusammenspiel mit dem braunen Teint sehr anregend auf ihn wirkten. Ihre Nase war markant, aber auf eine anziehende Art: gerade gewachsen und für dieses Gesicht keinesfalls zu groß. Die Augenfarbe war auf die Entfernung nicht auszumachen, Kutzke tippte auf grün. Die Frau trug keinen Schmuck. Sie mochte etwas kleiner sein als er selbst, machte einen sportlichen Eindruck und verfügte über Rundungen an den richtigen Stellen. Das ärmellose Top gab einen Blick auf ebenfalls gebräunte Arme und Schultern frei.

Kutzke tippte auf Wassersportlerin. Das war nun natürlich nicht ganz nach seinem Geschmack, denn die Erfahrungen mit sportlich gestählten Frauen wollte er ein für alle Mal hinter sich lassen.

Beim Barkeeper bestellt er einen lieblichen Weißen und ein Mineralwasser.

Hin und wieder warf er verstohlene Blicke zu der Frau, die das gar nicht zu bemerken schien, wie Kutzke glaubte. Als sie ihm plötzlich direkt in die Augen blickte, meinte er leicht zu erröten. Wie peinlich! Für so etwas war er doch nun wirklich zu alt.

Sie lächelte kurz, so als würde sie schon entschuldigen und schaute dann wieder weg. Grün als Augenfarbe hatte sich bestätigt.

Sag doch etwas, du Trottel, schien seine innere Stimme zu rufen. Er glitt von seinem Barhocker und stellte sich neben die Frau. „Darf ich mich vorstellen?“, kam ihm zu seiner eigenen Überraschung über die Lippen, die leicht zitterten. „Mein Name ist Kutzke, ich bin gestern hier angekommen.“ Sein Körper versteifte sich. So ein Blödsinn, eine Anmache wie von einem unerfahrenen Schulbuben! Die Frau machte überraschenderweise nicht den Eindruck, angewidert oder auch nur gelangweilt zu sein. Im Gegenteil: Sie drehte sich in seine Richtung und schaute durchaus interessiert.

„Gisela Alber, freut mich“, antwortete sie und zeigte ihm ein offenes Lachen. Er entspannte wieder etwas. Na also, klappt doch. Nach den Jahren im Schraubstock einer unglücklichen Ehe ist man eben etwas eingerostet, was die niveauvolle Unterhaltung mit fremden Frauen angeht.

Jetzt tat sie ihm sogar den Gefallen, von sich aus die Konversation weiter voranzubringen. „So ein Zufall! Ich bin auch gestern angereist. Ich werde zwei Wochen hier bleiben.“

Ihm war, als würde sein Herz etwas schneller schlagen. „Das ist wirklich ein Zufall, auch ich habe zwei Wochen gebucht."

Sie plauderten Belangloses. Es machte ihm Spaß. Ein Kopfnicken hier, ein zustimmendes Brummen da seinerseits genügte fast schon, um das Gespräch am Laufen zu halten. Sie stamme ursprünglich vom Bodensee, führe aber schon sehr lange ein Antiquitätengeschäft in Düsseldorf, berichtete Gisela Alber. Seit ihrer Jugend mache sie immer wieder am Bodensee Urlaub, weil sie hier ihrer Leidenschaft fürs Segeln frönen könne und so etwas wie Heimatgefühle empfinde.

Also doch Wassersport. Na ja, man kann eben nicht alles haben, tröstete sich Kutzke, und griff mit einer, wie er hoffte, eleganten Geste zum Glas. „Hervorragend", sagte er schließlich, als er den letzten Schluck aus seinem Glas trank. „Sie sollten diesen Weißwein unbedingt einmal probieren."

„Danke für den Tipp", antwortete sie. „Ich kann Ihnen aber auch einen geben: Wenn Sie schon hier am See sind, müssen Sie unbedingt einen der heimischen Obstbrände versuchen. Es gibt weltweit keine besseren, glauben Sie mir!"

„Wenn Sie mir die Freude machen, Sie zu einem Glas Wein, einem Obstbrand oder einem anderen Getränk einladen zu dürfen, gerne."

„Nett von Ihnen". Ihr Lächeln war jetzt von der spitzbübischen Art.

Kutzke bestellte zwei Gläser von dem Weißwein und fragte den Mann hinter der Theke nach einem einheimischen Obstbrand. Er musste aus fünf verschiedenen Sorten wählen, deren Namen der Barkeeper herunterrasselte. Kutzke entschied sich für ein Produkt vom Burgunderhof in Hagnau, dem ihn der anscheinend umfassend Bescheid wissende hilfreiche Geist als den „König der Destillateure“ empfohlen hatte.

Gisela Alber gefiel Kutzke, auch weil Felicitas kaum je etwas getrunken, dafür aber stets dieses unerträgliche Aufhebens um seinen angeblich viel zu großen Alkoholkonsum gemacht hatte.

„Würden Sie es unverschämt finden, wenn ich Ihnen das Du anbiete?“, fragte er seine Bar-Bekanntschaft und war selbst über seinen Mut und sein rasches Vorpreschen überrascht. Denn es stimmte ja ein Stück weit, was Felicitas ihm immer wieder vorgeworfen hatte: Er war sonst eher von zögerlicher und zaudernder Natur. Gut möglich, dass er diese ungute Eigenschaft über Bord werfen könnte, jetzt, wo Felicitas ihn nicht mehr unter ihrer Fuchtel hatte.

„Nein, ich freue mich darüber“, gab sie zurück, wobei die Art ihres Lächelns zu zuckersüß wechselte. „Ich bin die Gisela.“

„Rolf-Dieter“, sagte er und schämte sich in diesem Moment seines Namens. Felicitas hatte immer ihre Witze über diesen zugegebenermaßen wirklich unglücklichen Doppelnamen gemacht. Liebend gerne hatte sie das in der Gesellschaft anderer Leute getan. Vorbei! Vergessen! Er saß neben dieser äußerst aparten Frau und wollte an alles Mögliche denken, nur ganz gewiss nicht an Felicitas. Sie war tot und würde sicher nach und nach auch aus seinen Gedanken verschwinden.

Gisela lachte. „Da sind wir wohl beide mit unseren Vornamen ziemlich gestraft.“

So wie sie es sagte, konnte er es ihr nicht übel nehmen, ganz gewiss nicht. Sie bewies Selbstironie und brachte die an sich vernichtende Aussage auf eine ungeheuer charmante Art zum Ausdruck. Nicht zuletzt hatte sie ja einfach recht. Wer heißt schon Rolf-Dieter?

Plötzlich wurde ihm klar, dass er auf dem besten Weg war, sich Knall auf Fall in Gisela zu verlieben. Sie war so vollkommen anders als Felicitas.

„Wollen wir noch einen kleinen Abendspaziergang an der Strandpromenade machen?“, fragte er sie, nachdem sie sich eine Stunde oder länger unterhalten hatten.

„Gerne, sogar sehr gerne“, sagte sie.

Als sie am Ufer entlangschlenderten, hakte sie sich bei ihm unter. Für den nächsten Tag verabredeten sie sich zu einem Ausflug nach Meersburg. Es war schon nach zehn Uhr, als sie wieder beim Seehotel ankamen, und es erschien ihnen beiden nur zu selbstverständlich, dass sie die Nacht miteinander verbringen wollten. Sie entschieden sich für sein Zimmer. Kutzke hatte schon das Hemd ausgezogen, sie machte sich an ihrer Handtasche zu schaffen. Er vermutete, dass sie ein Kondom herausholen würde. Doch als sie sich zu ihm umdrehte, hatte sie ein großes Messer in der Hand. Gisela Albers Gesicht war zu einer Fratze verzerrt. Schreiend rannte sie die drei Schritte auf Kutzke zu und rammte ihm das Messer mit aller Kraft, derer sie fähig war, in den Leib. In seinem Kopf irrlichterten Bilder von Felicitas umher, sein Schädel schien zu platzen, während er in das vor Hass und Wut entstellte Gesicht von Gisela blickte und der scharfe Stahl der Klinge wieder und wieder in seine Haut fuhr und die inneren Organe zerfetzte. Seine Frage nach dem Warum blieb unbeantwortet.

Er würde Meersburg nie mehr sehen.

Das irre Geschrei von Gisela hatte ebenso wenig Menschliches an sich wie die Todesschreie von Kutzke, in denen sich Schmerz, Entsetzen und die unausweichliche Erkenntnis über sein Ende Bahn brachen.

Kriminalhauptkommissar Gotthard Bentele von der Kripo schloss den Aktenordner mit einer bedächtigen Bewegung und schob ihn seinem Kollegen Kriminalkommissar Kurt Reimer zu, der am Schreibtisch gegenübersaß. Bentele war der zuständige Sachbearbeiter, ein in Ehren ergrauter Kriminalist. Er war beim Nachtdienst von der Bluttat überrascht worden und stand selbst noch immer unter dem Eindruck dessen, was er in dem Hotelzimmer zu Gesicht bekommen hatte. „Kurt", sagte er zu seinem Kollegen, „jetzt bin ich dreißig Jahre bei der Kripo, dass ich da so etwas noch erleben muss." Bentele schüttelte den Kopf mit dem lichten Haar. „Es wird verdammt lange dauern, bis ich die Sache verdrängen kann."

Reimer zuckte mit den Schultern. Was konnte er dazu schon sagen, das nicht irgendwie hohl und dumm klingen würde? Er konnte sich ja vorstellen, wie der Kollege sich fühlen musste. „Ja, der Job hält doch immer wieder Überraschungen bereit, auf die wir lieber verzichten würden". Er seufzte. „Immerhin scheint der Fall klar zu sein und wird uns nicht wochenlang zu Überstunden zwingen."

„Immerhin das", bestätigte Bentele. Nachdem er in der Nacht anhand des Personalausweises problemlos die Identität von Gisela Alber festgestellt hatte, die sich überhaupt nicht ansprechbar zeigte und vollkommen in sich gekehrt blieb, war der Fall fast schon aufgeklärt. Einmal ihren Namen in den Computer eingegeben, und schon war alles klar. Gisela Alber war vor einigen Tagen aus einer psychiatrischen Klinik in Nordrhein-Westfalen geflohen, wo sie seit einiger Zeit wegen einer besonders schweren Form von Schizophrenie behandelt worden war. Wegen ihrer schubweise auftretenden Gewaltausbrüche, die für einen Pfleger bereits im Krankenhaus geendet hatten, war sie in die geschlossene Abteilung gebracht worden. Doch die war offensichtlich nicht geschlossen genug.

„Die Frau hatte ihre Schübe, wie mir der Direktor der psychiatrischen Anstalt am Telefon gesagt hat“, erklärte Bentele seinem Kollegen zum wiederholten Mal.

„Ich weiß, Gotthard“, antwortete Reimer. „In ihren klaren Momenten führte sie ihr früheres Leben als erfolgreiche Antiquitätenhändlerin einfach weiter. Bis zum nächsten Gewaltexzess.“

Bentele schüttelte nachdenklich den Kopf, so als könne er es noch immer nicht glauben, was ihm da beim vergangenen Nachtdienst passiert war. „Ja, es war einfach eine Tat im Wahn. Was es nicht alles gibt. Der Mensch ist ein seltsames Wesen.“

„Und der Willen der Höheren Mächte ist unergründlich“, fügte Kurt Reimer hinzu, der schon immer ein guter Katholik gewesen war. „Wenn das stimmt, was wir bisher in Erfahrung gebracht haben, hatte dieser Kutzke vor wenigen Monaten jede Menge Geld geerbt. Aber was hilft das, wenn das Schicksal so hart zuschlägt wie bei ihm? Erst muss er den Tod seiner Frau verkraften, und dann kommt er selbst auf diese grauenhafte Art und Weise ums Leben.“

Bentele seufzte. „Der arme Kerl hat seine Frau nur um ein halbes Jahr überlebt. Das ist schon Ironie des Schicksals.“

LILO ULJA HEIMANN

Linsen und Spätzle mit Schuss

Damals wohnte ich noch nicht lange in Stuttgart. Ich hatte Glück gehabt und nach meiner Pensionierung ein Häusle oberhalb der Neuen Weinsteige ergattert. Ohne den Stress im Schuldienst blühte ich auf und konnte mich ganz meinen Liebhabereien widmen, dem Spazierengehen, am liebsten in den Rebhängen der Stadt, und dem Lesen klassischer Krimis. In dieser Zeit wurde ich zum Fan von Raymond Chandler. Und der Held meiner Träume war nicht etwa Philip Marlowe, sondern John Dalmas. Wenn ich mich mit meiner Freundin Rosa traf, dann meistens im „Fresco" in der Neuen Staatsgalerie oder im „Amadeus". Mitunter sind wir sogar im „Bierteufel" versackt. Das *Wirtschäftle* mitten in der City hatten wir erst im letzten Spätsommer bei einem Streifzug mit meinem Hund Terry entdeckt. An jenem sonnigen Nachmittag war der Garten hinter Terrys künftigem Lieblingsbaum voller Gäste und auch im Inneren fanden wir gerade noch den letzten freien Tisch. Es sah so aus, als wollte das neue Lokal dem „Widmer" oder der „Mamma" in der Urbanstraße das Publikum stehlen.

Eine auffallend hübsche Frau mit blonder Mähne begrüßte uns so herzlich, als ob auch wir bereits Stammgäste wären. Es war nicht leicht, das Alter dieser Frau zu erraten, die offensichtlich eine der Chefinnen des *Wirtschäftle* war, aber ich schätzte sie auf Ende vierzig. Sie hatte einen breiten Mund mit großen Zähnen, die sie beim Lächeln deutlich zeigte. Und sie lächelte häufig. Schon damals erfuhren wir, dass sie Beatrix hieß. Beatrix Niedlich.

„Sind Sie etwa verwandt mit ...?“

„Weitläufig“, sagte sie, „sehr weitläufig, der Schwiegervater eines Cousins ...“

„Okay“, antwortete ich, „aber der Name steht Ihnen gut.“

Draußen im Garten bediente Claudia, die Geschäftspartnerin von Beatrix, eine hochgewachsene Frau mit einem dicken grauen Zöpfle und freundlichen braunen Augen, in denen winzige Goldfünkchen blinkten.

Im Laufe des Herbstes hatten wir das *Wirtschäftle* oft aufgesucht. Im Oktober feierten wir Rosas Geburtstag dort im kleinen Kreis. Zuerst hatten wir ja im „Fresco“ feiern wollen, aber Rosa hatte mich so angeguckt, dass ich wusste, sie wollte sagen: Was des wieder koscht!

An diesem Nachmittag bemerkte ich, dass Beatrix viel Kraft brauchte, um ihre Gäste mit ihrem bekannten Lächeln zu bedienen. Ich hatte es schon geahnt, dass sich hinter ihrer fidelen Miene ein melancholischer Mensch mit Enttäuschungen und Schicksalsschlägen verbarg. Bei einer Zigarettenpause draußen im Garten zeigte sie mir einen Brief ihrer Tochter Mia aus Los Angeles, ein ausgesprochen herzloses Schreiben, in dem es um Geld ging.

„Geld“, sagte Beatrix, „immer nur Geld, nie ein nettes Wort. Hätte ich Claudia nicht, ich wüsste nicht ...“ Sie brach ab, setzte wieder ihre heitere Maske auf und wandte sich den Gästen zu.

Inzwischen war es Dezember geworden, die Stühle im Garten waren weggeräumt. Es schneite nicht, es nieselte. Gegen Mittag, als wir durchfroren ins *Wirtschäftle* kamen, war nicht ein einziger Gast im Raum. Claudia war dabei, Seelen in der Theke zu platzieren. Für Schwaben sind Seelen ja so normal wie für Hamburger Rundstücke, aber ich Neu-Stuttgarterin musste, wenn ich sie sah oder die Bezeichnung für dieses Hefeteiggebäck hörte, immer an Verstorbene und Friedhof denken und so etwas wie ein leiser Schauder lief mir über den Rücken.

„Kalt heute", sagte ich und rieb meine klammen Hände. „Ich brauch was zum Aufwärmen und was zum Essen." Ich war hungrig, ziemlich erkältet und musste husten.

Claudia nickte, sagte aber nichts. Sie erschien mir sehr verändert. Sie sah aus, als hätte sie einen großen Kummer. Wie die sprichwörtlichen schwäbischen „Mäus mit verheulte Auge."

„Zweimal Tee mit Schuss", sagte Rosa.

„Für mich lieber einen Trollinger", knurrte ich mit meiner von Frost und Husten entstellten Stimme. Auch Rosa schwenkte darauf um. Claudia stellte die Gläser auf unseren Tisch neben eine rote Kerze, die ein anheimelndes Licht verbreitete.

Aus der Küche drang verführerischer Essensgeruch zu uns. Ich schnupperte.

„Etwa Linsen und Spätzle?"

Claudia nickte und ergänzte: „Mit Saitenwürschtle und Rauchfleisch."

Rosa und ich konnten nicht widerstehen, obwohl wir gut gefrühstückt hatten und es noch lange nicht Mittagszeit war.

„Nicht viel los an solchen Tagen?", fragte ich, als Claudia die Teller brachte. „Da schaffen Sie das spielend alleine, was?"

„Ich bin jetzt immer alleine hier." Ihre Stimme klang so, als wollte sie sofort losheulen.

„Ist was passiert?"

„Tot", schluchzte sie. „Sie ist tot."

„Beatrix?"

„Aber sie sah völlig gesund aus", sagte Rosa, gab mir Terrys Leine in die Hand und verschwand in Richtung Toiletten.

„Ein unnatürlicher Tod?" Meine Stimme klang fast wie Terrys Kläffen.

„Die Obduktion wird alles ..."

Sie vollendete den Satz nicht, denn die Eingangstür öffnete sich, ein Windzug ließ die Flamme der Kerze zucken. Eine zierliche Person mit Locken von düsterem Rot wie ein Feuer sprang mit kleinen schnellen Schritten auf Claudia zu, zückte einen Revolver und zielte genau auf deren Kopf. So hastig wie sie gekommen war, war sie wieder verschwunden. Ich war wie gelähmt. Ich hielt die Leine des Hundes fest, der wie wild zu bellen begann, und wusste nicht, ob ich Claudia zuerst helfen oder die Täterin verfolgen sollte. Claudia hatte die Frau offensichtlich erkannt, sie hatte auch noch etwas gerufen. Aber was? Es hatte geklungen wie „Nicht mir!" Aber das ergab keinen Sinn. Ich hatte nur registriert, dass die Mörderin Jeans und eine schwarze Jacke trug. Alles unauffällig bis auf die roten Locken.

Das Glas mit dem Trollinger war noch halb voll, die Kerze brannte wieder ruhig. Rosa kam von der Toilette und blickte verstört auf Claudia, die reglos auf dem Boden lag. Ihre warmen braunen Augen wurden kalt und die Goldfünkchen in ihnen erloschen.

„Was war das für ein Knall?"

Ich gab Rosa Terrys Leine und raste zur Tür. Dort war ein Hauch von Parfum, etwas Amerikanisches. Ich kannte den

Duft. Trotz meiner Verwirrung wusste ich sofort: *5th Avenue.* Auf der Straße sah ich gerade noch, wie eine zierliche Frau mit Jeans und schwarzer Lederjacke in ein Taxi stieg. Sie hatte streichholzkurze blonde Haare.

Bei Chandler, dachte ich, hätte es geheißen: The car started down the hill furiously. Furios stimmte. Das Taxi war im Nu hinter einer Kreuzung verschwunden.

Terry hatte sich beruhigt, Rosa stand über Claudia gebeugt neben der Theke.

„Was war eigentlich los?"

Ich fühlte mich jetzt ganz wie John Dalmas und war nahe daran zu grinsen, nachlässig, wie das derartige Krimihelden tun, und etwas zu sagen wie „She got bumped off". Aber dann hätte Rosa so etwas sagen müssen wie „What's the story?"

Rosa starrte mich an. Und dann wieder Claudia, der nicht mehr zu helfen war. Der Schuss war ein Volltreffer gewesen. Die Waffe war keine Luger und auch keine Forty-five. Ich kannte mich da durch meine Lektüre ziemlich gut aus. Die Rothaarige, die eigentlich ein Blondschopf war, hatte einen kleinen Damenrevolver benutzt, a small automatic with a pearl grip, wie ihn Dalmas bei Mrs Leroy gesehen hatte.

„Yea", murmelte ich, „she is a stiff." Und dann bekam ich einen Hustenanfall.

Was würde ein Detektiv in L.A. in meinen Lieblingsgeschichten in unserer Situation sagen, überlegte ich. Vielleicht: There is nothing fussy about that killing.

Aber so abgebrüht war ich doch nicht. Und dann schrie ich: „Dead, dead, dead!"

„Hör mit dem Blödsinn auf", sagte Rosa. „Das sieht ja ein Blinder, dass sie tot ist. Aber warum?"

„Gute Frage", gab ich zurück. „Ich werde die Antwort suchen."

Ich schlürfte meinen Wein aus und forderte Rosa auf, ihr Glas auch zu leeren. Aber sie brachte keinen Schluck runter. So trank ich auch ihren Rest und steckte beide leeren Gläser in meine Tasche.

Der Leiche – ich nannte sie in Gedanken corpse – war nicht mehr zu helfen. Fingerabdrücke oder Spuren wollte ich nicht hinterlassen. Außer der Mörderin und natürlich der Ermordeten hatte uns hier niemand gesehen.

„Wir müssen die Polizei rufen", sagte Rosa.

„Cops?", krächzte ich, ganz in meiner Rolle befangen. „Vergiss es."

Rosa schüttelte den Kopf über mich und verzog sich mit Terry. Beim Rausgehen studierte ich das Inhaberschild an der Tür. Es war ganz neu. Ein altes war überklebt. Das neue lautete: Claudia Öxle. Darunter konnte ich erkennen: Beatrix Niedlich. Ich suchte mir die Adressen aus dem Telefonbuch heraus. Die Alexanderstraße, in der Claudia gewohnt hatte, war nicht allzu weit entfernt. Ich stand in relativ kurzer Zeit vor dem gesuchten Gründerzeithaus. Claudias Wohnung befand sich auf der linken Seite im Parterre. Ich knackte die Tür mit meiner Mastercard. Es war ganz einfach. Die Wohnung war aufgeräumt, aber sie roch irgendwie ungelüftet. Ich öffnete ein Fenster, das zum Garten hinausging, und inspizierte den Schreibtisch. Es war ein weißer Ikea-Tisch, auf dem neben mehreren Briefen ein Papier lag, ein Testament. Ich überflog es. Beatrix Niedlich ernannte darin ihre Freundin und Geschäftspartnerin Claudia Öxle zur Alleinerbin. Die Verstorbene hatte ihren Namen und ihre Anschrift oben in die linke Ecke mit der Hand geschrieben. Aber ich sah auf einen Blick: Sie hatte das Schriftstück nicht unterzeichnet. Dieses Testament, das die Tochter Mia enterbte und das Claudia auch ein Mehrfamilienhaus in der Olgastraße zusprach, war ungültig. Schlagartig wurde mir klar, was Claudia gerufen hatte: „Nicht, Mia!“ Und jetzt fiel mir auch wieder ein, was Beatrix mir über ihre Tochter erzählt hatte. Es gab da auch ein Gerücht, dass Mia mit Aktien spekulierte und sich dabei gründlich verspekuliert hatte.

Während ich noch darüber nachgrübelte, ob Claudia die Tochter ihrer toten Freundin zur Beerdigung herbeizitiert haben könnte, hörte ich Schritte, kleine schnelle Schritte, wie ich sie vorhin im *Wirtschäftle* vernommen hatte.

Ich versteckte mich hinter einer langen blaugrünen Gardine und hielt den Atem an. Die Schritte kamen hastig näher und mit ihnen der Duft von *5th Avenue*. Ich hörte das Knistern von Papier und dann ein Fluchen. Mia musste erkannt haben, dass das Testament ungültig war und dass sie die vermeintliche Alleinerbin grundlos getötet hatte.

In diesem Augenblick musste ich husten. Vergeblich bemühte ich mich, das Geräusch zu unterdrücken. In Sekundenschnelle stand Mia neben mir, sah mich mit kalten Augen an und zückte den kleinen Revolver.

„Sieh da“, zischte sie und schielte mir ins Gesicht. „Die miese Schnüfflerin, die mich im *Wirtschäftle* beobachtet hat.“

„Ich habe nichts gesehen, pal“, stotterte ich.

„Idiotin“, sagte sie und fuchtelte mir mit der Pistole vor der Nase herum. „Was liest du für alte Schinken?“

„Bevor ich sterbe“, sagte ich, „will ich wissen, warum Sie Claudia kaltgemacht haben.“

„Weil ich das gesamte Erbe brauche.“

Ich versuchte, ihr die Waffe zu entwenden, aber sie war jung und viel wendiger als ich. Ihr Grinsen zeigte mir deutlich, dass sie sich dessen selbst gewiss war.

Die Wohnungstür knarrte. Und wieder hörte ich Schritte, Männerschritte. Zwei Kerle kamen ins Zimmer. Rosa musste die Bullen doch verständigt haben. Und die Leute von der Mordkommission waren offensichtlich genauso intelligent wie ich und hatten ebenfalls die Spur zu dieser Wohnung verfolgt. Noch vor dem Eintreffen der Cops war Mia aus dem geöffneten Fenster in den Garten gesprungen.

„Was machen Sie hier?"

„Ich putze gelegentlich", sagte ich geistesgegenwärtig, grinste und war selbst stolz über meinen spontanen Einfall. Jetzt konnte ich wenigstens erst einmal gründlich husten.

„Die Tochter von Beatrix Niedlich hat mich reingelassen", log ich. „Ich glaube, sie hat wenig Lust, Ihre Bekanntschaft zu machen."

„Wo ist sie?"

„Eben aus dem Fenster gesprungen. Sie ist klein, hat kurze blonde Haare, Jeans und eine schwarze Lederjacke."

Der jüngere Kriminalkommissar hüpfte ebenfalls aus dem Fenster und jagte der Mörderin hinterher. Aber er kam bald unverrichteter Dinge zurück.

Ich erzählte den beiden alles, was ich wusste. Schließlich hatten sie mich davor bewahrt, ebenfalls „bumpt off" zu werden. Und außerdem war ich neugierig und fragte, ob schon feststand, was die Obduktion ergeben hatte.

„In ihrer eigenen Sauna erstickt."

„Erstickt von wem?"

Der ältere Kommissar grinste und antwortete nicht.

Claudia schloss ich aus. Auf das Erbe erpicht war wahrscheinlich auch die Schwester von Beatrix, Dora aus München, von der mir einmal erzählt worden war. Was war mit Mia? Darüber machte ich mir Gedanken, als ich zu Rosa fuhr.

„Du hast mir das Leben gerettet."

„Yea", äffte sie mich nach, „so bin ich nun mal. Aber jetzt lass deine Nase aus dieser Sache."

„Kann ich nicht“, säuselte ich. „Wer hat schon das Glück, mal so hautnah in einen Krimi verwickelt zu werden.“

Sie stellte mir ein Glas mit Schillerwein auf den Küchentisch und sagte: „Ein zweites Mal rette ich dich nicht.“

Ich ließ mich von Rosa nicht abhalten, meine Detektivarbeit fortzusetzen und machte mich auf den Weg zu Beatrix' Wohnung ganz in der Nähe der Landesbibliothek, die übrigens die größte Pornosammlung der Republik beherbergt. Die Bibliothek, nicht die Wohnung von Beatrix. Alles Pflichtexemplare. Ich werde mich dort demnächst mal anmelden. Und mir auch den Arm eines Toten im Magazin zeigen lassen, da Leichen ja mein Hobby sind. Oder ich sehe mir einen Dichterarm an, den von Stefan George, eine makabre Reliquie.

Die Wohnungstür war bereits versiegelt. Aber im Treppenhaus begegnete ich einer Frau, die Beatrix verblüffend ähnlich sah. Auch sie hatte eine blonde Mähne und einen breiten Mund mit auffallend großen Zähnen. Doch etwas unterschied sie von Beatrix. Sie hatte auf der linken Wange ein Muttermal, das sie ganz gut mit Profischminke übertüncht hatte, das sich aber nicht völlig verdecken ließ.

„Sie sind die Schwester? Dora?“

Sie nickte. „Halbschwester. Ich bin eben angekommen. Ich weiß alles von Claudia. Ich hatte gedacht, ich könnte hier übernachten.“ Merkwürdigerweise hatte sie keinerlei Gepäck bei sich.

„Sieht nicht so aus“, sagte ich, „aber Sie können in meinem Gästezimmer schlafen.“

„Sind Sie eine Freundin meiner Schwester?“

Ich sagte ihr im Taxi fast die ganze Wahrheit. Im Flur meiner Wohnung empfing uns ein Geruch von *5th Avenue.*

„Vorsicht“, flüsterte ich. „Die Killerin ist hier.“

Ich rief mit meinem Handy die Mordkommission an.

Der jüngere Kommissar, Bandito, der vorhin Mia vergeblich verfolgt hatte, war sehr schnell bei uns und ging mit gezogener Waffe als Erster in mein Wohnzimmer. Mia hatte nur mich erwartet und nicht die Polizei. Sie saß auf der Couch, meinem Davenport, und nuckelte an einem Rotwein. Mit dem Glas in der Hand kam sie nicht dazu, nach ihrer Waffe zu greifen. Bandito überwältigte sie und zwang ihre Hände in die Handschellen. Sie warf mir wieder einen ihrer kalten Blicke zu.

„Es war das Parfüm", erklärte ich.

Warum hatte sie so viele Fehler gemacht? Sie musste besessen gewesen sein von der Idee, mich ausschalten zu müssen.

Dora sagte: „Mia hat nicht nur Claudia getötet, sondern auch ihre Mutter."

Das machte mich stutzig.

Mia protestierte heftig und schwor, nichts mit dem Mord an ihrer Mutter zu tun zu haben. Es klang glaubwürdig.

Heftiger eiskalter Regen klatschte gegen die Scheiben.

Bandito führte Mia ab. Ich hatte ein ungutes Gefühl, mit Dora allein in meiner Wohnung zu sein. Aus der Küche rief ich Rosa mit dem Handy an und bat sie zu kommen. Nach kurzer Zeit hörte ich erleichtert Terrys Bellen.

Wir setzten uns wieder ins Wohnzimmer, Dora auf den Davenport. Und sie erzählte dabei von ihrem guten Verhältnis zu ihrer Schwester Beatrix trotz der Entfernung. Ich sagte nichts dazu, dachte nur: Kind, verkauf mir keine Wolken.

Dora linste zu mir rüber, mit Augen wie eine Eule, etwas schläfrig, etwas hinterlistig. Owlishly eben. So wie verdächtige Personen bei Chandler gucken.

Sie ließ uns wissen, dass ihre Geschäfte in München schlecht gingen. Ich hatte immer stärker den Eindruck, einer

Mörderin Unterschlupf gegeben zu haben. Einer Mörderin an ihrer Schwester, der ich ein falsches Alibi geben sollte, und ich musste rausfinden, wann sie tatsächlich nach Stuttgart gekommen war.

In den Morgenzeitungen fanden wir einen Artikel über den Mord an der *Wirtschäftle*-Inhaberin Claudia und über Mia, die aus L. A. nach Stuttgart gekommen war, um an der Beerdigung ihrer Mutter teilzunehmen und die dann aus Habgier die erbende Freundin dieser Mutter kaltblütig gekillt hatte.

Ich brachte die Zeitung vom Brötchenkauf mit. Ich hatte Dora überlistet und Rosa den Auftrag gegeben, alle Hotels zu befragen, ob in den letzten Nächten eine Frau mit Muttermal im Gesicht bei ihnen logiert hatte.

Rosa war erstaunlich schnell fündig geworden. Dora hatte seit einem Tag vor dem Mord an Beatrix im „Zeppelin" gewohnt. Das hatte Rosa Kommissar Bandito umgehend mitgeteilt. Wir kauten noch an unseren Brötchen, als er klingelte und Dora „handcuffs" anlegte.

Jetzt konnte ich ihn auch fragen, ob er etwa mit Freddy Bandito verwandt sei.

„Weitläufig", sagte er, „sehr weitläufig. Also wissen Sie, der Großvater meines ..."

„Okay", antwortete ich, „aber Sie haben einen wirklich coolen Namen für einen ..."

„Glauben Sie, das höre ich zum ersten Mal?"

Dora hat inzwischen die Tat gestanden und wird wohl lebenslang hinter Schwedische Gardinen kommen. Sie sagte dabei, sie hätte dringend Geld gebraucht, auch für eine Operation ihres Gesichts. Sie hätte sich gedacht, dass sie mit Mia teilen müsste, aber von der Erbin Claudia hätte sie nichts gewusst. Mia, schon lange US-Bürgerin, ist in ihre Heimat ausgeliefert worden.

Das *Wirtschäftle* wird neu verpachtet. Ich überlege schon seit einer ganzen Zeit, ob ich es gemeinsam mit Rosa im Sinne von Claudia und Beatrix weiterführen soll. Unsere Spezialität wird das urschwäbische Gericht Linsen und Spätzle mit Saitenwürschtle bleiben. Wir werden die Linsen mit Zwiebel und Knoblauchzehen kochen und mit einem Lorbeerblatt. Und natürlich alles mit Wein, Essig, Salz und Pfeffer pikant sauer abschmecken. Und dazu werde ich Trollinger empfehlen oder einen trockenen Schillerwein.

GUDRUN WEITBRECHT

Das Familienfest

Sie hatten draußen gedeckt. Im Schatten, unter der hundertjährigen Kastanie. Ihr Stamm war in den zehn Jahren, seitdem ich zum letzten Mal hier gewesen war, noch dicker, noch bemooster geworden. Die weiß gedeckte Tafel mit den zusammengesuchten Stühlen aus dem Haus wartete auf die Familie und mich.

Es war ein drückend heißer Juli-Tag, in einem Jahrhundertsommer. Der Neckar floss flirrend träge. Angler und Stocherkahnfahrer blieben aus, nur vereinzelt hörte man Rufe, von dort, wo der Fluss eine Biegung machte. Die Zeit schien stillzustehen. Kein Wind war zu spüren.

Die baufällige Villa inmitten eines parkähnlichen Gartens, dessen durch Trockenmauern gestützte Terrassen und Wiesen bis zum Ufer des Flusses reichten, hatte schon einmal bessere Tage gesehen. Damals als Großmutter Ada noch lebte und mit eisernem Regiment Geld, Güter und Grundstücke zusammenhielt. Ihr Mann, Oberst Edmund von Sauter, war kurz vor Kriegsende bei der Verteidigung des Führerbunkers in Berlin gefallen. Ada bekam von der Nachricht einen Schock und eine Sturzgeburt. Meine Tante Annerose erblickte das Licht der Welt.

Durch seinen frühen Tod blieb dem Oberst der Skandal

erspart, dass seine ältere Tochter Elisabeth, die später meine Mutter werden sollte, mit einem verheirateten Reitlehrer durchbrannte. Unglücklicherweise verliebte sich die zweite Tochter Annerose, sie war damals erst achtzehn, in einen ebenso wenig standesgemäßen Mann: Georg. Er war ein charmanter Blender, der sein unregelmäßiges Auskommen bisher als Zirkusartist verdient hatte. Als er Annerose kennen lernte, sah er die Chance seines Lebens. Nun hoffte er, nie mehr arbeiten oder sich die Hände schmutzig machen zu müssen. Bald wurde es sichtbar, dass Annerose bereits intimere Bekanntschaft mit Georg gemacht hatte und schwanger war. Während Großmutter Ada noch überlegte, wie man dieser Schande am besten begegnen könnte, flüchteten die zwei nach Gretna-Green und setzten Ada vor vollendete Tatsache, indem sie als frischgebackenes Ehepaar zurückkamen. Wohl oder übel schloss Ada ihre Tochter und den Schwiegersohn in die Arme. Als die Patriarchin im Jahr danach an einem blutenden Magengeschwür verstarb, vermutete niemand, dass ihre Krankheit durch Ahnungen über das kommende Unglück ausgelöst worden war. Bei der Testamentseröffnung erfuhr Annerose, dass ihr Mann es in der kurzen Zeit verstanden hatte, sich bei seiner Schwiegermutter einzuschmeicheln. Er war der Haupterbe. Den Schwestern, meiner Mutter Elisabeth und Tante Annerose blieben nur die Pflichtteile, was Georg zu der Bemerkung veranlasste: „Was wollt Ihr? Es bleibt doch in der Familie."

Georg verfeinerte seinen angenehmen Lebensstil und lebte auf großem Fuß. Er legte sich einen Alfa Romeo zu, den er kurze Zeit später zu Schrott fuhr, während Annerose ihre Einkäufe mit dem Fahrrad erledigen musste. Für Kinder war sowieso kein Platz im Sportauto vorgesehen. Als Luise, die Erstgeborene zur Welt kam, war Georg noch geschmeichelt, bei der zweiten Tochter Katharina wurde er böse. Er wollte unbedingt einen Sohn. Der Kauf einer Eisenbahnanlage, die ein Zimmer ausfüllte, in dem eine Tanzgesellschaft Platz gehabt hätte, sollte wohl einen magischen Einfluss auf das Geschlecht des werdenden Kindes ausüben. „Damit spielt einmal mein Sohn“, entgegnete er meiner Tante, die ihm Vorhaltungen wegen der unnützen Geldausgabe machte.

Die Loks und Bahnhöfe verstaubten, (der Sohn zeigte in späteren Jahren für andere Dinge Interesse) und mein Onkel wandte sich einem neuen Hobby zu: dem Segelfliegen. Tante Annerose und ihre zwei kleinen Mädchen verbrachten die nächsten Monate auf einer Flugpiste und im Hangar. Sie mussten zusehen, wie ihr Mann und Erzeuger mehrmals Bruchlandungen machte. Wie durch ein Wunder stieg Georg nur mit kleineren Blessuren aus den demolierten Flugzeugen aus. Wie immer, wenn Onkel Georg etwas Gefährliches oder Unsinniges tat, lachte er spöttisch meine Tante wegen ihrer Sorge aus. Nie fiel ihm dabei die scharfe Linie um Anneroses Mund auf, die sich mit jedem Jahr Ehe vertiefte. Ich glaube, in späteren Jahren wünschte sich meine Tante oft, ihr Mann hätte einen seiner Crashs nicht überlebt.

All dies erfuhr ich aber erst, nachdem ich – „das arme, verlorene Würmchen Pia“, wie mich Tante Annerose fortan nannte – als drittes Kind von ihr aufgenommen wurde. Meine Eltern waren bei einem Verkehrsunfall ums Leben gekommen. Ich war eine verängstigte Vierjährige, die nur mit Licht einschlafen konnte und die bei jeder Gelegenheit weinte. Da ich hinten im Auto gesessen hatte und mein linkes Bein eingeklemmt worden war, blieb trotz mehrerer Operationen ein leichtes Hinken zurück.

Endlich nach fünf Jahren kam der, vom Hausherrn sehnlich erwartete, Kronprinz Edmund zur Welt, und für kurze Zeit schien es, als ob sich mein Onkel bemühte, sein Leben zu ändern.

Doch diese trügerische Hoffnung meiner Tante zerplatzte wie eine Seifenblase. Ihr Ehemann torkelte weiterhin in den frühen Morgenstunden nach Hause, manchmal blieb er ganz weg. Sein Anzug und das Hemd rochen nach altem Zigarettenrauch, (Onkel Georg rauchte nur Havannas!) und nach billigem Parfüm.

„Du bist selber schuld, ich hole mir halt woanders das, was ich bei dir nicht bekomme“, schrie er meine Tante an, während drei Teenager und Edmund aufgeschreckt durch den Streit, hinter den Kinderzimmertüren lauschten.

Das war zu der Zeit, als Georg die Grundstücke von Großmutter Ada nach und nach verkaufte, um das Geld mit seinen Zechkumpanen im Spielcasino zu verzocken oder mit Damen des horizontalen Gewerbes durchzubringen. Das Vermögen zerfloss, nur das Haus und die Ahnengalerie erinnerten entfernt an den vergangenen Glanz.

Tante Annerose legte aus dem Verkaufserlös ihres Schmuckes ein Sparbuch an, das für Notzeiten und für die Ausbildung der Kinder verwendet werden sollte. „Den Schmuck brauche ich nicht mehr, wann gehe ich denn aus?“, hatte sie mir und Luise erklärt und uns zum Stillschweigen verdonnert.

Meine Tante, die früher im Haushalt nie einen Finger krumm machen musste, da zu Großmutter Adas Zeiten genügend Dienstpersonal für das Wohl der Familie gesorgt hatte, rackerte sich ab. Sie verbrauchte ihre Kraft bei der Haus- und Gartenarbeit und dem Einkochen von Obst und Gemüse für den Winter. In besseren Tagen hatte eine Waschfrau alle drei Wochen den Heißwasser-Kupferkessel und das Waschbrett bedient, nun musste meine Tante diese Schweiß treibende Arbeit verrichten, bevor Georg ihr großzügig die erste Waschmaschine kaufte. Annerose besorgte sich eine Nähmaschine und Schnittbogenhefte und schneiderte für uns Kinder Kleider und Hosen. Sie selbst zog nie ihre Schürzen aus, um ihre Kleidung zu schonen. Werktags war es eine bunte, sonntags eine weiße.

Annerose baute Ställe, die im hintersten Winkel des Gartens Platz fanden, und kaufte sich Hühner und Hasen. So war das sonntägliche Fleisch gesichert, auch wenn Katharina und ich nie davon essen wollten, denn die Hasen bekamen von uns Namen wie Klopfer, Mümmel oder Weißohr. Luise und Edmund machte der Umstand, dass wir mit unserem Braten vorher gespielt hatten, weniger aus. Mein Cousin sah gerne beim Schlachten der Tiere zu, am liebsten hätte er es selbst gemacht. Er hatte sich zu einem geschickten Angler entwickelt. Wenn er die Flussforellen mit einem Stein totschlug, sie mit seinem Schweizer Messer ausnahm und triumphierend nach Hause brachte, glänzten seine Augen fiebrig. Edmund fing auch Frösche. Er schlitzte ihnen den Bauch auf. Wenn er danach die Lurchschenkel berührte, zuckten die toten Muskeln noch minutenlang. Er erschreckte uns Mädchen, indem er die sterbenden Tiere vor uns präsentierte.

„Der Junge wird mal Arzt", stellte mein Onkel begeistert fest.

Meine Tante lernte aus wenigem viel zu machen. Sie verwertete von den geschlachteten Haustieren einfach alles. Um nicht beim Metzger Kalbshirn kaufen zu müssen, kochte sie aus dem Hasenhirn eine schwäbische Hirnsuppe, die mit Weißwein und Eierstich verfeinert wurde. Onkel Georg aß die Suppe leidenschaftlich gerne und kam zu diesen Mahlzeiten sogar pünktlich. „Das gibt Hirnschmalz", erklärte er seinem Liebling Edmund. Hasen- und Hühnerfleisch gab es in vier verschiedenen Variationen. Mein Onkel kommentierte Anneroses Mühe mit den zynischen Worten: „Anscheinend gebe ich dir zu viel Haushaltsgeld."

Für Reparaturen der Villa war kein Geld da, das Gebäude zerfiel sichtlich. Trotzdem liebte ich das alte Gemäuer, denn es hatte Winkel und Ecken, in denen ich mich verstecken konnte, wenn ich einsam war oder mich vor Monstern fürchtete. Und ich fürchtete mich oft.

Das Dach war undicht, und wenn es heftig regnete, stellten wir Eimer und Schüsseln auf, um keine nassen Füße zu bekommen. Im Winter, bei länger anhaltenden Minusgraden froren regelmäßig die Wasserleitungen ein. Eigentlich war kein Geld für den Flaschner übrig, aber die Tante verzichtete auf einen neuen Wintermantel, obwohl der alte schon viele durchscheinende Stellen hatte. Sie bestellte den Handwerker und bezahlte ihn von dem Geld ihres geheimen Kontos.

Onkel Georg kümmerte dies alles nicht. Wir sahen ihn fast nie. Er war in irgendwelchen undurchsichtigen Geschäften unterwegs, die immer wieder wechselten und fast immer in einem Fiasko und lautstarkem Streit zwischen den Eheleuten endeten. Falls er doch mal nach Hause kam, dann nur um Hemd und Anzug zu wechseln und uns Kinder „zu erziehen." Luise und ich bekamen bei dem geringsten Anlass seinen Gürtel zu spüren. Selbst Katharina, ein schlichtes Gemüt, die mit abgöttischer Liebe an ihrem Vater hing, bekam Ohrfeigen, worauf sie einen zuckenden Anfall mit Schaum vor dem Mund bekam. Als meine Tante dazwischenging und ihn anschrie: „Dass du dich nicht schämst! Lass die Kinder in Ruhe oder ich lasse mich scheiden!", lachte mein Onkel sie aus.

„Wohin willst du denn mit deinen ungeratenen Töchtern? Dich nimmt doch niemand mehr. Schau dich mal an."

Tatsache war, dass sich meine Tante im Laufe ihrer Ehe von einem zierlichen, fröhlichen Mädchen zu einer zänkischen Matrone verwandelt hatte. Sie war erschöpft vom Kampf ums tägliche Überleben, uns Kinder erzog sie nur sporadisch oder zufällig. Als sie begann, sich Sorgen um Edmunds Entwicklung zu machen, war es bereits zu spät.

Beim Essen saßen wir Mädchen am Tisch mit Stöcken im Rücken, dicke Bücher eingeklemmt zwischen Oberarmen und Taille, damit wir lernten, Messer und Gabel im richtigen Winkel zum Körper zu halten. Edmund musste nie so sitzen, überhaupt verhätschelte und verzog Georg den Jungen, was sich auf dessen Charakter nicht gerade positiv auswirkte. Er entwickelte sich zu einem egoistischen Lügner und Sadisten, der mehr als einmal Katharina wegen ihrer langsamen Art verspottete und quälte. Darüber regte diese sich so auf, dass einer ihrer epileptischen Anfälle folgte. Als ich Edmund zur Rede stellte und ihm androhte, es seinen Eltern zu sagen, antwortete er voller Verachtung: „Mach mir keine Vorschriften, du hast hier überhaupt nichts zu sagen, außerdem glauben sie dir Hinkebein gar nichts."

Trotz dieser Warnung erzählte ich meinen Pflegeeltern die Geschichte. Edmund fing meine Lieblingskatze, fesselte sie mit einem Draht und schnitt ihr den Schwanz ab und legte sie in mein Zimmer. Ich wusste, nur er war dazu fähig. Ich hasste ihn.

Luise, Edmund und ich beendeten die Schulzeit mit dem Abitur. Katharina besuchte die Hauptschule, in der sie mehrere Klassen wiederholten musste, da ihr das Rechnen und Schreiben schwerfiel. Ihre Mutter nahm sie in Schutz. „Sie ist nicht dumm, nur ein wenig langsam."

Aber als Annerose klar wurde, dass Katharina nur einfache Hilfsarbeiten verrichten konnte, behielt meine Tante sie zu Hause, damit sie ihr zur Hand ging. Katharina war ein großes Kind, dass zweieinhalb Zentner wog.

Meine Cousine Luise nützte die Zeit während ihres Studiums (eigentlich hatte sie vor, Lehrerin zu werden), vornehmlich dazu, sich einen Mann zu angeln. Schon als Teenager war ihr Lieblingsausspruch gewesen: „Ich heirate mal einen Zahnarzt." Die hübsche Luise litt nämlich unter einem einzigen Schönheitsfehler. Ihre Zähne standen schief. Als sie Joachim, einen aufstrebenden Zahnarzt und Kieferorthopäden heiratete, sanierte er als Hochzeitsgeschenk ihr Gebiss. Ab sofort bestand Luises Lebensinhalt darin, ein Fitness-Studio zu besuchen und Shoppen zu gehen. Joachim nannte sie „mein Baby", wahrscheinlich, weil sie keine Kinder hatten.

Ich war leider nicht so wohlansehnlich wie Luise. Meine Nase war zu spitz, ich hatte dünne Haare und in meinem Gesicht erhoben sich die Pickel während der Pubertät wie Streusel auf einem Kuchen. Mein Hinken wurde durch orthopädische Schuhe kaschiert.

Als meine Tante damals zu uns sagte: „Macht doch nicht so viel Gewese um euer Äußeres, es kommt nur auf den guten Charakter und die Intelligenz an", beruhigte das mich nicht wirklich, denn ich war der Auffassung, von den zwei Tugenden mehr als genug zu haben. Vermutlich hoffte Annerose, wenn ich ein glänzendes Abitur, ein Diplom oder einen Doktortitel vorweisen könnte, würde das den Ausgleich zu meinem wenig attraktivem Aussehen schaffen. Bis zum Doktortitel brachte ich es leider nicht, in meinem Beruf als Kultur-Redakteurin bei der Zeitung wäre der zwar manchmal zweckmäßig gewesen, aber nicht unbedingt erforderlich.

Es war vor zehn Jahren gewesen, und ich blieb in meinen Urlaub zu Hause. Edmund hatte Semesterferien, als ich meinen Cousin beobachtete und Zeugin eines furchtbaren Verbrechens wurde. Edmund leugnete alles, stellte mich als Lügnerin und gehässiges Frauenzimmer hin, und seine Eltern glaubten ihm und nicht mir. Mein Onkel brüllte durchs Haus: „Das ist der Dank dafür, dass wir dich aufgenommen und wie ein eigenes Kind behandelt haben."

Meine Tante weinte tagelang. Ich glaube, in ihrem Innersten wusste sie die Wahrheit, konnte sie aber nicht eingestehen. Damals vor zehn Jahren wurde Edmund ins Ausland verfrachtet, und gleich darauf warf mein Onkel mich aus dem Haus.

Vor einer Woche, ich war gerade mit dem Schreiben meines historischen Romans beschäftigt (ich glaube, ich schreibe Romane mit viel Herz und Schmerz als Ausgleich zu meinem fehlenden Liebesleben), hatte meine Tante mich angerufen. „Bitte komm! Wir haben am nächsten Samstag eine wichtige Familienbesprechung. Es geht um das Haus und das Grundstück. Schau mal, wir brauchen deine Zustimmung als Miterbin. Es ist alles vergeben und vergessen. Du trägst uns doch bestimmt nichts nach?"

Ich beschloss, die Reise einen Tag früher als vorgesehen zu machen, um in Tübingen zu recherchieren. Vor kurzem hatte ich ein Kriminalmuseum besucht. Seine Folterwerkzeuge riefen bei mir nicht solche Abscheu und Grauen hervor, wie jetzt die geplante Heimkehr.

Als ich ankam, stand Annerose in der gleißenden Mittagssonne vor der Haustür und begrüßte mich vorwurfsvoll: „Na endlich, wo bleibst du denn? Luise und Joachim sind schon da, wir wollen mit dem Essen anfangen." Sie sah mich genauer an und fragte: „Was ist denn mit deinen Haaren, trägst du jetzt eine Perücke? Und deine Nase sieht so anders aus! Hast du die operieren lassen?"

Dann wischte sie sich die Hände an ihrer weißen Schürze ab und umarmte mich. Ich ließ es widerstrebend geschehen, ignorierte ihre Fragen und nuschelte etwas von viel Arbeit, Stress und Stau auf der Autobahn. Dann trat ich durch das Wohnzimmer hinaus in den Garten.

„Dein Onkel ist im Keller. Er holt noch Getränke, du magst doch Trollinger?", rief Tante Annerose mir hinterher und ging in die Küche, um fehlende Teller zu holen.

Mir war klar, es würde noch eine Weile dauern, bis Georg aus den Tiefen des Gewölbekellers auftauchen und mich mit einer Alkoholfahne anhauchen würde. Katharina rief freudestrahlend: „ Pia! Pia!", dann trug sie schnaufend die dampfenden Schüsseln hinaus. Ich roch das Festtagsessen, die Hirnsuppe. Außerdem gab es Flussforellenterrine, Hasenbraten und als Nachtisch rote Grütze aus eigenem Obst, wie mir Katharina erzählte. Die Grütze krönte eine dicke Lage Schlagrahm. Auf einem kleinen Beistell-Tisch standen Birnenschnaps und dunkelvioletter Brombeerlikör, den meine Tante schon immer selbst ansetzte. Daneben waren der Gugelhupf und ein Apfelkuchen aufgetischt. In einem mit Wasser gefüllten Zinkeimer kühlten Bierflaschen der schwäbischen Staatsbrauerei. Nachdem Katharina das volle Tablett mit einem Seufzer abgestellt hatte, begrüßten wir uns. Katharina streichelte mich. Ihr Gesicht war vom Weinen verquollen. Irgendetwas war im Busch, das spürte ich sofort. Ich fragte sie, was mit ihr los sei. Sie erzählte mir, sie würde von Edmund fortgeschickt. Und dass die Gartenernte in diesem Jahr so schlecht wie noch nie gewesen sei, und im Februar der Neckar wieder über das Ufer getreten war. „Weißt du noch, so wie damals, als der Mann im Fluss verschwunden war?"

Ich wunderte mich, Katharina wies manchmal ein erstaunlich gutes Gedächtnis auf, aber was meinte sie mit: Edmund würde sie fortschicken?

„Schon lange nicht mehr gesehen, wie geht's denn so?", fragte meine Cousine Luise spitz. Sie hielt sich dekorativ an der Lehne eines Stuhles fest. „Ich habe gehört – von wem denn bloß? – ach ist auch egal, du schreibst an einem Roman. Bringt das denn was ein? Oder ernährt dich dein Zeitungsjob?" Sie zupfte die schmalen Träger ihres Cardin-Kleides zurecht und wippte mit ihren zierlichen Füßen in den italienischen Sandaletten.

„Nun lass sie mal", beschwichtigte der gutmütige Joachim seine Frau. Joachim war runder geworden, kleine rote Äderchen überzogen seine Nase und die Wangen. Vor ihm stand eine Flasche Rotwein, die schon drei viertel leer war. Anscheinend hielt Joachim seine Ehe nur aus, wenn er genügend Trollinger in sich hineingeschlotzt hatte.

„Ja, es ist schon lange her, dass wir uns gesehen haben", ließ sich hinter mir eine männliche Stimme vernehmen. Ich drehte mich um. Mit ihm hatte ich nicht gerechnet! Tante Annerose hatte mir am Telefon erzählt, Edmund würde nicht kommen, er sei im Ausland.

Tot wäre er mir lieber gewesen! Aber da stand er nun. Er war fett geworden. Sein Kopf war wie ein rot glühender Ballon mit glänzender Halbglatze, an dem die restlichen Haare hinten zu einem neckischen Lagerfeld-Zopf zusammengebunden waren. Er trug einen schwarzen Designeranzug (es waren fünfunddreißig Grad im Schatten!). Mit seinem Outfit versuchte er wohl den Eindruck von Seriosität zu vermitteln. Aber mich täuschte er nicht. Mein Magen krampfte sich zusammen, mir wurde schwindlig und übel, und die Erinnerungen kamen hoch.

Es war im Frühjahr gewesen, damals vor zehn Jahren. Der Neckar hatte Hochwasser geführt, und wurde zu einem reißenden Strom, dessen Fluten alles mit sich rissen. Da habe ich Edmund beobachtet. Er stand etwa zwanzig Meter von mir entfernt, zwischen uns war ein Gestrüpp aus Brombeer- und Holunderhecken. Er hielt einen Obdachlosen, der trotz der Kälte am Fluss in einem Holzunterstand biwakiert hatte, von hinten fest und schnitt ihm mit dem Messer, das sonst zum Schlachten von Hasen und Hühnern benutzt wurde, die Kehle durch. Dann nahm Edmund die Beine des Mannes an den Füßen hoch, zog ihn zum Ufer und warf ihn in den Neckar. Das Messer und der Schlafsack seines Opfers flogen in hohem Bogen hinterher. Dies geschah alles so schnell, dass mir keine Zeit blieb, meinen Cousin an seiner Tat zu hindern. Und wenn ich heute darüber nachdenke, wahrscheinlich hielt mich meine Angst zurück.

Edmund bückte sich und wusch seine Hände gründlich mit Flusswasser ab, dann drehte er sich um, hob seinen Kopf und blickte suchend in die Runde. In diesem Moment kreuzten sich unsere Blicke. Mir war klar, dass auch er mich gesehen hatte. In panischem Entsetzen lief ich weg, so schnell wie ich mit meinem kaputten Bein überhaupt konnte. Nur weg, dies war mein einziger Wunsch gewesen.

Die Leiche, oder das was von ihr übriggeblieben war, wurde nach Wochen flussabwärts gefunden. Die polizeiliche Untersuchung artete zu einer Farce aus. Ich bin mir heute fast sicher, dass mein Onkel seine Beziehungen spielen ließ. Zu seinen Saufkumpanen gehörte auch der Polizeichef. Edmund wurde zum Studieren ins Ausland verfrachtet, und mich warf man hinaus.

Und nun stand Edmund vor mir und erklärte mir, ich sollte meinen Anteil vom Erbe an ihn abtreten. Es wäre sein gutes Recht, als einziger Sohn, das Ganze zu beanspruchen. Außerdem hätten Katharina, Luise und ich keine Kinder, denen wir etwas hinterlassen könnten. Er schwenkte eine Abtretungsurkunde vor meiner Nase hin und her und hielt mir sofort seinen goldenen Mont-Blanc-Füller hin, damit ich unterschrieb.

„Du hast doch auch keine Kinder, oder täusche ich mich da?“, fuhr ich ihn an und schrie: „Für wie blöd haltet ihr mich denn, du und deine Familie? Ich weiß, was ihr vorhabt! Luise steckt bestimmt mit dir unter einer Decke, so raffgierig, wie ich sie kenne. Ich war auf dem Liegenschaftsamt. Hier soll ein Neubaugebiet hin. Das Grundstück ist Millionen wert. Nein, niemals werde ich meinen Anteil an dich überschreiben und glaube ja nicht, dass ich Angst vor dir habe." Ich zitterte, drehte mich um und wollte gehen. Tante Annerose hielt mich zurück. „Bleib, es ist doch noch nicht aller Tage Abend. Das Haus ist wirklich zu groß für uns drei und wir werden älter. Edmund kauft uns in ein Seniorenheim ein. Aber das können wir alles nachher besprechen. Lass uns erst essen, es wäre doch schade um die ganze Arbeit.“

„Und was soll aus Katharina werden? Steckt ihr sie zu den Behinderten? Sie ist doch viel zu jung für ein Altersheim?“, fragte ich wütend. Annerose schaute mich an.

„Ach, Edmund will das so, was kann ich dagegen tun?“, entgegnete sie verlegen und ich sah in ihren Augen noch etwas anderes. Angst! Sie hatte vor ihrem eigenen Sohn Angst!

Ich ließ mich überreden, zu Tisch zu gehen. Die Familie aß mit sichtlichem Vergnügen. Ich bekam keinen Bissen herunter. Onkel Georg schlürfte genießerisch ganz alleine die Hirnsuppe in sich hinein. Recht mutig fand ich, in Zeiten von BSE. Oder wurden Hasen nicht krank? Mir wurde vom Zusehen noch übler.

Das Gewitter, das sich schon den ganzen Tag durch drückende Schwüle angekündigt hatte, zog sich über dem Tal und dem Neckar zusammen. Es entlud sich einem kräftigen Sturm, der in peitschendem Regen, begleitet von taubeneigroßen Hagelkörnern endete. Mit lautem Geschrei und Gelächter hatte sich die Festgesellschaft, beladen mit Schüsseln, Tellern und Gläsern, ins Haus verzogen. Im allgemeinen Durcheinander und weinseliger Heiterkeit fiel es nicht auf, dass mich Edmund festhielt. „Ist das der Dank dafür, dass meine Eltern dich großgezogen haben?“, zischte er mich an.

„Lass mich in Ruhe, mit einem Mörder verhandele ich nicht!“ Ich versuchte seine Hände wegzureißen, die wie Schraubzwingen meine Arme umklammerten. Er hielt mich fest und kam mit seinem Gesicht ganz nah zu dem meinen, sein Körper drängte sich an mich und ich roch trotz des teuren Aftershaves etwas Merkwürdiges an ihm. Unter dem Kastanienbaum regnete es jetzt durch die Krone und Blätter, aber ich bemerkte es kaum. Plötzlich ließ Edmund mich los und flüsterte mir ins Ohr: „Ich war damals sentimental und habe den Fehler gemacht, dich leben zu lassen! Noch einmal wiederhole ich diesen Fehler nicht, vielleicht sollte ich ihn korrigieren." Er lachte gehässig auf. „Hinkebein, dich wird niemand vermissen! Für manche Dinge ist es nie zu spät." Wieder kam er mir bedrohlich nahe. Das war zu viel! Instinktiv griff ich hinter mich nach dem Tranchiermesser, das meine Tante auf dem Tisch liegen gelassen hatte, und rammte es

Edmund in den Bauch. Ich sah, wie sein Gesicht sich in einem ungläubigen Staunen verzog, aus dem Mund kam ein gurgelndes Stöhnen, gleichzeitig umfasste er den Messerschaft, um ihn herauszuziehen. Unter den Händen quoll das Blut hervor und verfärbte sein Hemd in einem Dunkelrot, fast wie die Farbe des Brombeerweins.

Ich weiß nicht mehr, wie ich in mein Auto gekommen war. Ich verriegelte die Türen, so als könne ich alles Unheil damit draußen lassen. Dunkelheit umgab mich. Wie durch einen Schleier sah ich, dass Sturzbäche von Regen an die Frontscheibe trommelten. Vor dem Unwetter war ich hier geschützt, aber nicht vor mir – diesem Monster.

Meine Tante und Katharina hatte ich vor Edmund gerettet, aber nicht mich. Ich fühlte mich für immer verloren.

TATJANA KRUSE

Auf dem Land, da gibt's koi Sünd ...

Ein Hohenlohe-Krimi

Von wegen klimakatastrophale Erderwärmung – es war dermaßen kalt, dass einem die Nasenlöcher zufroren. Das ging nun schon seit Wochen so. Und wenn nicht gerade antarktische Eiseskälte herrschte, dann schneite es, dass sich die Balken bogen.

„Frisch heute“, sagte ich.

„Eine solche Eisesnacht hat es seit Beginn der Wetteraufzeichnung noch nicht gegeben“, behauptete Böhlke, der neue Pächter des Hinsacker-Hofes vor den Toren Michelbachs, der als Zugereister gar nicht wissen konnte, was es bei uns in Hohenlohe seit Beginn der Wetteraufzeichnungen schon für Rekorde gegeben hatte.

Der Hinsacker-Hof – oder vielmehr sein jeweiliger Pächter – wurde wahrlich vom Pech verfolgt. Dieses Pech war kein gesichtsloses Schicksal, das auf unbegreifliche Weise arglose Menschen in den Staub warf, dieses Pech trug einen Namen – *meinen* Namen.

Mir gehörte das angrenzende, ehemals gräfliche Anwesen mitsamt Schloss und Blick auf den Hausberg Einkorn. Und es war mir keineswegs gleichgültig, wer da in meiner allernächsten Nähe Landwirtschaft betrieb, das hatten der alte Hinsacker (er ruhe in Unfrieden) und sein Nachfolger Nägele (möge er in der Hölle schmoren) am eigenen Leib zu spüren bekommen. Schimpfen Sie mich hypersensibel, wenn Sie wollen, aber ich mag nunmal nicht dieselbe Luft atmen wie hirnlose Dumpfbacken.

Der Neue, er hieß wie gesagt Böhlke, war leider Gottes aus ebenso schlicht-unangenehmen Holz geschnitzt wie seine beiden Vorgänger. Böhlke stammte mehr als wir alle vom Affen ab – und das nicht nur rein äußerlich. Dies gesagt habend empfinde ich es schon fast wieder als Beleidigung: für die Affen natürlich.

Böhlke war einer dieser grobschlächtigen Kerle, die ihre Tiere malträtieren und ihre Nachbarn beleidigen. Bestimmt hätte er auch Frau und Kind geschlagen, wenn er eine Familie sein eigen hätte nennen dürfen. Dass er nicht längst schon wieder unter Prügelschlägen aus dem Dorf gejagt worden war, lag nur daran, dass die meisten Dörfler zur Arbeit nach Schwäbisch Hall oder Stuttgart pendelten und am Wochenende so erschöpft waren, dass sie all das gar nicht mitbekamen. Ich dagegen schon.

Zur Begrüßung Mitte November hatte Böhlke meine sorgfältig manikürten Hände mit seinen schwieligen Pranken gegriffen, an denen noch getrocknete Kuhmistkrümel hafteten. Er hatte sich höchst erstaunt gezeigt, als er erfuhr, dass ich ganz allein das alte Schloss als Pension betrieb, und mit lüsternem Grinsen geröhrt, dass er sich „um das arme Frauchen mannhaft kümmern wolle" – und mit dem armen Frauchen meinte er doch tatsächlich mich. Baggerte er mich etwa an?

Böhlkes direkter Vorgänger, der Öko-Gemüse-Freak Hägele, hatte satte drei Monate auf dem Hinsacker-Hof überlebt; Böhlke und seinen Rindern würde dieser Rekord nicht zuteil werden.

Am Freitag vor Lichtmess war es dann so weit.

„Kommen Sie bei Gelegenheit mal vorbei und sehen Sie sich meine neuen Mastboxen an", schleimte Böhlke, während er meine Wochenend-Milchration auf den Holzpflock vor dem Kücheneingang stellte. Ich stutzte. „Wie? Wollen Sie Ihre Rinder jetzt in Käfige sperren?"

Böhlke wischte sich mit dem Handrücken die laufende Nase, was eigentlich unnötig gewesen wäre, weil sämtlichen flüssigen und halbflüssigen Körpersäfte bei Kontakt mit der mehr als frischen Abendluft sofort zu Eis erstarrten. „Ich muss wirtschaftlich denken. Freilandhaltung bringt vielleicht glückliche Bullen, aber nix ein. Alsdann, bis nächsten Freitag." Er zwinkerte mir doch tatsächlich zu. Wenn es einen bestimmten Augenblick gab, in dem sein Schicksal besiegelt wurde, dann war es dieser.

Das Schöne am Landleben sind die ungezählten Möglichkeiten, wie wackere Landmänner einem Unfall zum Opfer fallen können. Und dabei wirkt alles ganz natürlich. Ich muss es wissen – ich habe einschlägige Erfahrungen. Nur zu gern ging ich also auf Bauer Böhlkes Angebot ein, mir seine neuen Ställe einmal anzusehen.

Es hatte wieder kräftig zu schneien begonnen, als ich zum Hinsacker-Hof stapfte. Böhlke begrüßte mich mit freudigem Knurren und führte mich zum Stall mit den Mastbullen. „Jeden Morgen in aller Herrgottsfrühe führt mich mein erster Gang hierher. Der Stall ist mein ganzer Stolz!"

Das Erste, was mir auffiel, waren die unglücklichen Gesichter der Bullen in der Gruppenbox gleich neben der Stalltür. Auch die Tiere weiter hinten schauten depressiv.

Böhlke stand selbstgefällig grinsend und mit verschränkten Armen neben mir. „Erstklassige Fleischrinder. Hat eine schöne Stange Geld gekostet. Ist es aber wert."

Die Tiere standen eng an eng in den Boxen, konnten gerade mal den Kopf zum Futter senken. Außerdem war es bedrückend dunkel und ungeheuer heiß im Stall.

„Stickig, hier drin", beschwerte ich mich. „Wollen Sie nicht mal ein Fenster öffnen?"

„Damit die ganze schöne Wärme rausgeht? Nix da, den Viechern gefällt's so." Böhlke klopfte dem nächstgelegenen Rindvieh kräftig aufs Hinterteil. Es muhte ungnädig. An seiner Stelle hätte ich ausgetreten, aber für aktive Gegenwehr hatte das Tier einfach nicht genügend Platz.

„Na ja, was verstehe ich schon von Kühen", flötete ich.

„Genau." Böhlke nickte grinsend.

Am nächsten Morgen war ich schon lange, lange vor Morgengrauen auf meinem Posten. Thermoskanne mit Frühstücksbier, eine Tupperdose mit Fleischsalat, zwei Brezeln, ein Fernglas und lange Thermounterhose – ich war trotz Schneefall und Kälte bestens ausgerüstet und erhoffte mir ländliches Entertainment vom Feinsten. Ich wurde nicht enttäuscht.

Kurz vor halb sechs kam Bauer Böhlke über den schneebedeckten Hof geschlurft. Als er die Stalltür nicht gleich aufbekam, reagierte er so, wie die Mehrheit der Männer auf Hindernisse reagiert: mit Gewalt.

Böhlke zerrte mit Macht am Riegel, und schließlich sprang die Tür mit einer solchen Wucht auf, dass Böhlke in hohem Bogen auf den Rücken knallte. In der kaskadenartigen Dampfwolke, die aus dem Stall drang – im Stall hatte im wahrsten Sinne des Wortes eine „Bullenhitze" geherrscht –, wurden ein paar Bullenköpfe sichtbar. Dann trampelten die herausbrechenden Tiere auch schon über ihren am Boden liegenden Bauern. Stampede, nennt man das wohl in Amerika.

Dieser tragische Unfall hätte nicht sein müssen. Wenn ich nicht kurz nach ein Uhr nachts einige Eimer Wasser über die Stalltür und den Bereich direkt vor der Tür gegossen hätte, wäre die Tür wahrscheinlich nicht zugefroren und Böhlke nicht zu Boden gegangen. Wenn ich nicht ein paar strategisch platzierte Steinbrocken ausgelegt hätte, würde er sich beim Aufschlag sicher nicht den Kopf angeschlagen und das Bewusstsein verloren haben. Und wenn ich nicht alle Bullen aus der Gruppenbox gelassen hätte, wären die Tiere auch nicht nach dem Öffnen der Tür über ihn hinweggetrampelt, wobei eines der Tiere Böhlkes Kehlkopf zerquetschte.

Aber all das hatte ich nunmal getan – Pech für Böhlke, Glück für mich, denn nun zog wieder harmonische Ruhe auf dem Hinsacker-Hof ein. Hohenlohe – wo die Rinder wieder glücklich muhen. Und die Einheimischen sich zu helfen wissen ...

JÜRGEN EHLERS

Damals in Meersburg

Zugegeben, es ist lange her, dass wir in Meersburg gewesen sind, und ich erinnere mich nur noch an wenige Einzelheiten. Ich war ja noch ein Kind damals. Es war Sommer und heiß; wir haben im Bodensee gebadet. Es gab große Vögel in der Stadt, die mich angespuckt haben, und wir haben in einem Restaurant gesessen und Spatzen gegessen.

Elke lacht, als ich ihr das mit den Spatzen erzähle. „Meersburg liegt doch nicht in Italien!“ Und an meine spuckenden Vögel glaubt sie auch nicht.

Ich habe Elke Blanck zufällig beim Einkaufen getroffen. Wir haben uns viele Jahre nicht gesehen. Wir waren Nachbarn damals. Blancks hatten einen großen, verwilderten Garten, in dem ich spielen durfte. Apfel- und Birnbäume gab es da, auf die man klettern konnte. Bäume voller Obst, das keiner erntete. Herrn Blanck habe ich nur selten gesehen; er hat den ganzen Tag in seiner Firma zugebracht. Aber Frau Blanck hatte viel Zeit für mich. Ich durfte Elke zu ihr sagen. Ich glaube, Frau Blanck hätte selbst gern Kinder gehabt. Das war wahrscheinlich der Grund dafür, dass sie gefragt hatte, ob ich nicht mit ihnen in den Urlaub fahren möchte. So war ich nach Meersburg gekommen.

Natürlich hatten sie nicht mich gefragt, sondern meine Eltern, ich war ja erst 10 Jahre alt damals und hatte gar nichts zu entscheiden. Meine Eltern hatten sofort zugestimmt. Mein Vater mit seiner kleinen Invalidenrente – wir hätten uns ja nie einen solchen Urlaub leisten können. Die Blancks schon. Ich hatte damals nicht gewusst, dass Hugo Blanck der Besitzer der Betonfabrik war. Ein kleiner, dicker Mann. Unauffällig. Uninteressant. Aber offenbar reich.

„Du hast zu viel Fantasie", sagt Elke.

„Glaubst du?" Ich habe eigentlich eher zu wenig Fantasie. Deshalb bin ich ja auch nur zur Hauptschule gegangen. Elke Blanck hat studiert. Sie war früher Lehrerin.

„Zu viel Fantasie – so wie der Knabe im Moor", sagt Elke.

Den habe ich nie auswendig gekonnt. Mich maßlos blamiert damit, als ich ihn aufsagen sollte. Aber damit sind wir wieder bei Meersburg. Denn die Droste-Hülshoff, die hat in Meersburg gelebt, glaube ich, und ist da wohl auch begraben.

„Es war wunderschön damals", sage ich. Ich denke immer noch gern an die Reise zurück. Auch wenn mir im Nachhinein bewusst geworden ist, dass es irgendwelche Spannungen zwischen den Blancks gegeben haben musste. Nur vor mir hatten sie sich meist zusammengenommen. „Schade, dass der Urlaub so plötzlich zu Ende ging. Ich hatte deinem Mann ja aus Quatsch das Salz auf das Essen gestreut, und dann war er plötzlich ..."

„Das verwechselst du", sagt sie rasch. Aber ich bin mir ganz sicher.

Sie hat es jetzt plötzlich eilig.

„Bleib doch", bitte ich sie, aber sie hat keine Zeit mehr.

Da sage ich ihr, dass ich sie damals am liebsten geheiratet hätte. Ich werde rot dabei. Auch heute noch würde ich sie heiraten. Merkt sie, dass ich ihr gerade eine Liebeserklärung mache?

Sie lacht. Ich denke, sie ist zwanzig Jahre älter als ich. Sie überlegt einen Augenblick. Dann sagt sie, ich soll sie doch einmal besuchen kommen, dann können wir über die alten Zeiten reden. Schon bald einmal. Ob es mir wohl morgen passt? Natürlich passt es mir. Sie gibt mir ihre Adresse. Natürlich wohnt sie längst nicht mehr in meiner Gegend. Sie hat damals gleich das Haus verkauft und ist weggezogen.

Hinterher frage ich Benno nach den Spatzen. Benno Brehm ist Zeichner und jemand, den man immer fragen kann, wenn man etwas nicht weiß. Oft weiß er die Antworten, manchmal aber auch nicht.

Er sagt: „Spätzle wirst du gegessen haben, keine Spatzen." Er erklärt mir, dass das Nudeln sind oder so etwas Ähnliches.

Ich schüttle den Kopf. Es waren keine Nudeln. Was ich gegessen habe, das war braun, nicht weiß, und es hat sehr gut geschmeckt, aber nicht wie Nudeln.

„Dann weiß ich es auch nicht."

Ich frage Benno auch nach den spuckenden Vögeln, aber über die weiß er erst recht nichts. Habe ich am Ende wirklich zu viel Fantasie?

Ich suche zu Hause nach den alten Fotos. Ich finde nur Postkarten, die ich geschrieben aber nicht abgeschickt habe, weil wir doch so plötzlich abgereist waren, und allerlei nutzloses Zeug, das man aufbewahrt, weil man es für wichtig hält und dann später vergisst, es wegzuwerfen. Einen alten Prospekt von Meersburg zum Beispiel. Die Platzkarte für den Zug. Eine leere Tüte aus der Hofapotheke. Eine Münze (zehn Rappen). Richtig, wir sind ja auch in der Schweiz gewesen damals, in Schaffhausen, beim Rheinfall.

Ich denke an Elke und an Meersburg. Wenn man nachdenkt, fallen einem die erstaunlichsten Dinge ein. Dinge, die man längst vergessen hatte, aber die doch noch irgendwo in einem Hinterzimmer des Gedächtnisses verwahrt geblieben sind. In Meersburg damals, da gab es einen Hexenturm, neben dem wir gewohnt haben, und den ich schrecklich aufregend fand. Was sich wohl darin verbergen mochte? Hinein konnte man nicht.

Elke schüttelt nur den Kopf, als ich ihr davon erzähle. „Alles falsch", sagt sie. „Da spielt dir dein Gedächtnis einen Streich."

Sie hat einen dieser modernen Computer mit Flachbildschirm. Keine Spiele drauf, sondern lauter ernsthafte Sachen. Sie zeigt mir alles, was im Internet über Meersburg zu sehen ist. Es gibt einen Stadtplan, auf dem man Dinge anklicken kann, und dann erscheint ein kleines Foto. Elke klickt alles Mögliche an, aber es gibt keinen Hexenturm.

Als ich immer noch nicht überzeugt bin, suchen wir unter Google nach „Meersburg" und „Hexenturm". Wir finden mehrere Einträge, aber die verweisen alle auf einen Ort namens Markdorf, den ich nicht kenne.

„Vielleicht sind wir damals in Markdorf gewesen", meint Elke.

Nein, der Name sagt mir gar nichts. Aber Elke verwirrt mich. In ihrer Gegenwart komme ich mir klein und unsicher vor. Allmählich beschleicht mich das Gefühl, dass ich mich auf mein Gedächtnis nicht mehr verlassen kann. „Da war doch der Film", sage ich. „Deine Mutter hat doch damals einen Film gemacht."

„Ach ja", sagt Elke. Es klingt so, als ob sie schon damit gerechnet hat, dass ich danach frage.

„Hast du den noch?"

„Ja. – Komm, den gucken wir uns jetzt zusammen an, damit du endlich weißt, wie das wirklich gewesen ist damals."

In Elkes Haus ist alles ordentlich, sie braucht gar nicht zu suchen, selbst wenn es um einen Film geht, den seit vierzig Jahren niemand mehr angeguckt hat. Ein Schmalfilm, 8 Millimeter. „Unser Urlaub in Meersburg". Und sogar der Projektor geht noch.

Elke projiziert den Film an die weiße Wohnzimmerwand. Das Bild ist ziemlich unscharf, mit Fusseln am Rand, und der Film läuft erst zu langsam, später zu schnell ab, aber so war das wohl damals, als es noch keine Camcorder gab. Ich habe diesen Film noch nie gesehen.

Da fahren wir also mit der Bahn durch den Schwarzwald. Als es um eine Kurve geht, kann man den Schriftzug „Touropa" auf den blauen Waggons erkennen. Und die große rote Diesellok.

Der Ort da, das muss Konstanz sein. Nun geht es mit dem Schiff über den Bodensee. Und da ist Meersburg. Ja, kein Zweifel. Alles so, wie ich es in der Erinnerung habe. Aber dann kommen lauter Dinge, die ich nicht mehr weiß. Wir spielen Minigolf. Hugo Blanck mit Hut und Zigarillo. Elke trifft sofort ins Loch. Und ich – ich bin nur kurz im Bild. Ich glaube nicht, dass ich damals gewonnen habe.

„Und hier haben wir meistens gegessen."

Ja, vielleicht. Die Bilder sind ziemlich dunkel, im Inneren eines Raumes aufgenommen. Wir essen keine Spätzle oder Spatzen, sondern irgendeine dampfende Suppe. Und dann, ganz überraschend, ist der Film zu Ende.

„Keine Spatzen auf dem Teller", sagt Elke. „Und auch sonst keine Vögel zu sehen. Schon gar keine spuckenden."

„Ja", sage ich. Aber ich bin nicht zufrieden. Ich sehe auf den Boden. Auf dem Teppich liegt ein kleiner Filmschnipsel. Ich bücke mich danach.

„Die entstehen, wenn man einen Film schneidet", sagt Benno.

„Warum schneidet man einen Film?"

Benno lacht. „Damit er besser wird."

Ja, vielleicht. Aber warum schneidet man einen Film, der 40 Jahre alt ist? Darauf weiß Benno auch keine Antwort. Wir legen den Filmschnipsel auf den Leuchttisch. Benno gibt mir eine Lupe. Vor mir liegt der obere Teil eines einzelnen Bildes, das obere Viertel vielleicht. Es zeigt ein Bauwerk, das ich für einen Kirchturm halte. Die Kirche von Meersburg? Daran kann ich mich nicht erinnern.

Ist mein Gedächtnis wirklich so schlecht, wie Elke sagt? Das kann ich nicht glauben. Will sie mich nur verunsichern? Möglich. Aber warum?

Von Hamburg bis nach Meersburg sind es 800 km. Acht Stunden, sagt der ADAC. Ich schaffe es in sieben.

Mein erster Eindruck: enttäuschend. Wenn man von Land her kommt, über die B 33, ist Meersburg nicht halb so attraktiv wie vom See her. Ich habe Mühe, einen Parkplatz zu finden, aber schließlich klappt es doch. Und dann, als ich durch das Obertor gehe, ist alles wieder so wie damals. Die Steigstraße, ja, so hieß sie. Und da sind auch immer noch die beiden Gaststätten, der Bär und der Löwe, die man auf den Postkarten sieht. Wir haben da nie gegessen. Hugo Blanck war ein sparsamer Mann.

Es gibt mehr Touristen als früher, viel mehr Touristen. Die alte Burg – damals haben wir sie besichtigt. Ich erinnere mich an einen unterirdischen Gang, in den man hineinschauen konnte. Nein, ich habe jetzt keine Zeit, diese Erinnerungen aufzufrischen. Ich frage nach dem Hexenturm, aber den kennt hier keiner. In der Nähe des Obertores, sage ich. Schulterzucken. Ich suche weiter, und schließlich finde ich meinen Turm. Das „vermauerte Tor", sagt mir ein Anwohner. Ein altes Stadttor. Kein Hexenturm. Habe ich mich also doch geirrt?

Spuckende Vögel sehe ich auch nicht. Ich gehe die Steigstraße hinauf und hinunter, bin schon völlig außer Atem, aber nirgendwo gibt es die spuckenden Vögel. Ich will schon aufgeben, als mir schließlich der Filmschnipsel einfällt. Die Kirche. Meersburg hat eine große, alte Kirche. Ich biege in eine Seitenstraße ein, und da sehe ich dann meine Vögel. Ein Brunnen ist es, und es sind eigentlich keine Vögel, sondern Männer, die Masken mit großen Schnäbeln tragen. Der Vogelgierebrunnen, so heißt er, aufgestellt von der Narrenzunft. Und diese „Vögel" können Wasser speien. Jedenfalls konnten sie es damals. Im Augenblick speien sie nicht, denke ich. Da trifft mich der Wasserstrahl, sehr zur Freude einiger Kinder.

Ich stehe auf dem Schlossplatz, sehe das Neue Schloss und die Hofapotheke. Elkes Mutter hat da irgendetwas gekauft, gegen Kopfschmerzen, glaube ich. Jedenfalls hat sie das gesagt. Und dort drüben – das könnte das Lokal gewesen sein, in dem wir meist gegessen haben. Auch an jenem letzten Urlaubstag. Ich habe Hunger. Ich gehe hinein.

Und da klärt sich dann das Geheimnis der Spatzen. Leberspätzle sind es, die wir gegessen haben. Ich bestelle mir eine Portion. Sie schmecken gut. Es besteht kein Grund, sie etwa nachträglich zu salzen. Warum habe ich damals Papa Blancks Essen versalzen? Und warum hat er es klaglos hingenommen? Er hat sich nicht beschwert. Alles ohne Einwände aufgegessen. Und erst danach hat er sich plötzlich an das Herz gegriffen, und dann war er tot. Ist es das, weswegen Elke nicht will, dass ich mich an Meersburg erinnere? Ob es vielleicht gar kein Salz gewesen ist, was Elke mir damals gegeben hat? Die Tüte aus der Hofapotheke fällt mir ein. Warum habe ich diese Tüte?

Vielleicht hätte ich Elke nicht von meinen Überlegungen und von den Ergebnissen meiner Nachforschungen berichten sollen. Sie hat über alles gelacht, ihr helles, schönes Lachen, aber ein bisschen blass ist sie doch geworden, und sie hat mich gefragt, ob ich mit irgendjemand über diese Dinge gesprochen habe.

„Nein", habe ich gesagt, und das ist auch die Wahrheit. „Von mir erfährt niemand etwas."

„Dann ist es ja gut", hat sie gesagt.

Ich hatte schon Angst gehabt, dass sie mir jetzt womöglich böse ist, aber zum Glück ist das nicht der Fall. „Du bist ein Schatz", hat sie gesagt, und sie hat mich ganz fest in den Arm genommen. Und am Ende hat sie mich für heute Abend zum Essen eingeladen.

Aber bevor ich hingehe, habe ich jetzt erst einmal die ganze Geschichte aufgeschrieben. Nicht, dass ich am Ende wieder irgendetwas vergesse! Ich werde diese Seiten gut verwahren, so, dass man sie erst nach meinem Tod finden kann. Wenn also jemand in zehn oder zwanzig Jahren oder irgendwann später einmal auf diesen Bericht stoßen sollte, dann weiß er, dass ich jetzt tot bin, und dass mich niemand mehr wegen dieser Giftgeschichte belangen kann – mich nicht und Elke auch nicht. Meine Elke.

Hamburg, den 17. Juli 2007

MARTINA FIESS

Der Esslinger Maultaschenkrieg

Ein Knall schreckte mich aus dem Schlaf. Vor dem Sprossenfenster dämmerte der Morgen als blassblauer Schleier über den Giebeln der Esslinger Marktgasse. Ein helles Klirren wie von hundertfach zerberstendem Glas erklang und der Holzdielenboden meiner Wohnung vibrierte. Noch halb im Schlaf gefangen, fürchtete ich, der riesige Ziegelschornstein der alten „Dick“-Fabrik sei umgestürzt und hätte die Altstadt unter sich begraben. Aber das konnte natürlich nicht sein, immerhin lebte ich noch und lag unversehrt in meinem Himmelbett.

Rasch warf ich die Bettdecke von mir und lief zum Fenster. Als mein Blick das gegenüberliegende Fachwerkhaus erfasste, rieb ich mir verblüfft die Augen. Was ich sah, passte nicht in die beschauliche Idylle der malerischen Esslinger Altstadt, die den trügerischen Eindruck erweckte, als wäre die Welt hier noch in Ordnung. Das war sie keineswegs, zumindest im Moment nicht. Aus dem zerborstenen Schaufenster des kleinen Feinkostgeschäftes im Erdgeschoss gegenüber ragte das mit Glasscherben übersäte Heck eines dunkelblauen Kombis. Zwischen den Glasscherben lagen helle, rötliche und blassgrüne rechteckige Gebilde, die aussahen wie kleine Kissen. Das waren die Maultaschen, die in der Auslage zu Pyramiden aufgestapelt gewesen waren.

Ruppig wurde der Rückwärtsgang des Kombis eingelegt. Der Fahrer gab Gas, der Motor heulte auf und das Auto schoss mit quietschenden Reifen aus dem Schaufenster zurück auf das Kopfsteinpflaster. Glasscherben und Maultaschen flogen in alle Richtungen davon. Als der Fahrer den Vorwärtsgang einlegte, erhaschte ich einen Blick auf braune Cordhosen, ein kariertes Hemd und ein blasses, von einer klobigen schwarzen Brille beherrschtes Gesicht.

Offenbar war der Maultaschenkrieg in eine neue, zerstörerische Phase getreten.

Begonnen hatte die ganze Geschichte vor ein paar Monaten. Ich verdiene mein Geld mit dem Schreiben von Liebesromanen, was von Außenstehenden für deutlich romantischer gehalten wird, als es in Wirklichkeit ist. Um muskulöse Helden in den schottischen Highlands die Schwerter kreuzen und schöne Frauen aus den Händen der englischen Besatzer befreien zu lassen, sitze ich Tag für Tag und oft auch nachts einsam am Schreibtisch. Obwohl die schmale, fachwerkgesäumte Marktgasse, in der ich wohne, nicht gerade schottisches Flair hat, steht mein Schreibtisch am Fenster. So kann ich mich von dem täglichen Treiben inspirieren oder ablenken lassen. Unter anderem auch von dem Metzgergeschäft an der Ecke, das ich von meinem Arbeitsplatz aus gut im Blick habe. Der Inhaber, Metzgermeister Georg Kempfert, war weit über die Region hinaus für seine hausgemachten Maultaschen bekannt und beliebt. Als Mittagstisch bot er sie auf drei traditionell schwäbische Arten an: in selbst zubereiteter Fleischbrühe mit Schnittlauch und gedämpften Zwiebelringen, geschmälzt mit Kartoffelsalat oder in Butter geröstet und mit Ei überbacken. Obwohl Kempfert optisch nicht viel hermachte, schien die mollige Verkäuferin mit dem blonden Pferdeschwanz und den blauen Kulleraugen von seinem unternehmerischen Erfolg und seinem Renommee als „Maultaschenkönig“ beeindruckt genug, um sich von ihrem Chef bei jeder Gelegenheit in den Hintern kneifen zu lassen. Was Georg Kempfert freilich nur tat, wenn seine Frau Babette nicht in der Nähe war, weshalb sie als letzte Anwohnerin der gesamten Marktgasse erfuhr, dass ihr Mann sich mit der jungen Verkäuferin vergnügte.

Eines Abends drang ein lauter Wortwechsel aus einer Wohnung auf der anderen Straßenseite. Ich versuchte gerade, die Flucht meines schottischen Freiheitskämpfers aus der schwer bewachten Burg eines englischen Besatzers möglichst spannend zu schildern, aber leider scheiterte ich immer wieder an der Frage, wer ihm diese Flucht ermöglichen sollte. Bereitwillig ließ ich mich von dem Streit in der Nachbarschaft ablenken.

Schräg gegenüber waren die Fenster im ersten Stock geöffnet. An den zurückgezogenen Gardinen vorbei sah ich ins Wohnzimmer der Metzgersleute, die sich zwischen Eichenschrankwand, beiger Sitzgruppe und Marmor-Couchtisch gegenüberstanden wie zwei Cowboys beim Duell. Georg Kempfert trug wie üblich nach Feierabend ausgeleierte Cordhosen, die an Hosenträgern über einem Flanellhemd hingen. Sein Gesicht hatte hinter dem altmodischen 70er-Jahre-Brillengestell die Farbe roter Bete angenommen, was den Eindruck erweckte, als trennten ihn nur noch Sekunden von einem Schlaganfall. Breitbeinig stand er vor der Schrankwand und lauschte mit missbilligender Miene der Gardinenpredigt seiner Frau.

In ihrer karierten Kittelschürze und mit der mausgrauen Dauerwellenmatte ums ungeschminkte Gesicht hätte Babette Kempfert wie eine biedere Hausfrau gewirkt, wäre da nicht ihre ungewohnt aggressive Körperhaltung gewesen. Die Hände in die nicht vorhandene Taille gestemmt, richtete sie ihren Oberkörper so angriffslustig auf ihren Mann aus, dass sie mich an eine geschnitzte Galionsfigur unter dem Bugspriet eines Segelschiffs erinnerte. Ihre sonst so sanftmütigen Gesichtszüge waren zu einer wütenden Fratze verzogen.

„Seit dreißig Jahren putz ich dir die Wohnung, schrubb den Laden, wasch deine Unterhosen und koch dreimal am Tag für dich!", schrie sie. „Und was ist der Dank dafür? Du bussierst vor allen Leuten mit dieser Wasserstoffblonden, die nicht mal die Kasse richtig bedienen kann. Wenigstens weiß ich jetzt, warum du die unbedingt einstellen wolltest!"

Kempfert klemmte die Daumen hinter die Hosenträger. „Jetzt reg dich halt nicht so auf, Babette. Das ist nicht so, wie du denkst."

„Woher willst *du* auf einmal so genau wissen, was *ich* denke", gab Babette zurück und zog ihren kleinen Mund kreisförmig zusammen, bis er aussah wie das eingeschnürte Ende einer Wurst. „Dir ist doch völlig egal, wie es mir geht. Hauptsache, der Laden läuft. Immer nur der Laden, der Laden. Und was ist mit mir?" In ihrer Stimme schwangen Verzweiflung und enttäuschte Hoffnungen mit.

„Keine Ahnung, wovon du sprichst." Kempfert verschränkte die Arme vor der Brust, was seine Frau noch mehr aufbrachte.

„Genau davon red ich doch die ganze Zeit!" Ihr ausgestreckter Zeigefinger zielte auf seine Brust. „Ich bin dir doch völlig egal. Dabei weißt du ganz genau, wem du deinen Erfolg verdankst. Seit Urgroßmutter Berta wird das Maultaschenrezept in meiner Familie gehütet wie ein Augapfel. Aber du hast es ja, ohne mich zu fragen, einfach für die Metzgerei verwendet."

„Oh, jetzt komm mir nicht schon wieder mit dieser alten Leier, Babette." Kempfert schüttelte unwillig den Kopf.

Seine Frau stampfte mit dem Fuß auf. „Von wegen Maultaschenkönig! Du bist nichts anderes als ein Betrüger, damit du's nur weißt! Was glaubst du, wie mir zumute ist, wenn alle dich wegen deiner Maultaschen anhimmeln, wo es in Wirklichkeit doch *meine* Maultaschen sind!"

So spannend dieses schwäbische Drama sich auch entwickelte, mein Verleger wartete händeringend auf meinen neuen Heftroman. Also schloss ich mit leisem Bedauern das Fenster und versuchte mich erneut an der Flucht meines Highlandkämpfers. Diesmal kam ich besser voran und ließ meinen Helden, inspiriert vom eben mitangehörten Streit, mithilfe der Köchin durch den Kamin der Burgküche entkommen. Erleichtert beschloss ich mir eine Pause zu gönnen. Als ich in der Küche kochendes Wasser in den Porzellanfilter goss und zusah, wie es im braunen Pulver versickerte, und aromatischer Kaffeeduft sich ausbreitete, hörte ich draußen eine schwere Tür ins Schloss fallen. Ich trat zum Fenster. Genau rechtzeitig, um Babette Kempfert mit energisch gerecktem Kinn aufs Kopfsteinpflaster treten zu sehen. In der Linken trug sie einen abgeschabten weinroten Kunstlederkoffer, rechts eine Synthetiksporttasche mit dem Emblem der Kanu-Vereinigung Esslingen. Die Metzgersfrau machte also wirklich Ernst. Seit Jahren kaufte ich montags bei ihr Aufschnitt und aß regelmäßig in der Metzgerei zu Mittag, wobei ich mich oft mit ihr übers Wetter oder die Nachbarschaft unterhielt. Natürlich kannte ich Frau Kempfert nur oberflächlich, trotzdem hätte ich bis eben ohne zu zögern mein nächstes Honorar darauf verwettet, dass sie niemals aus der Enge ihrer Kleinstadtehe ausbrechen würde.

Wie es schien, hatte noch jemand sie unterschätzt, nämlich ihr Ehemann. Ich erhaschte einen Blick auf Kempferts Cordhosen, die halb hinter dem Vorhang verborgen waren. Für ein paar Sekunden tauchte sein Gesicht am Fenster im ersten Stock auf, als er seiner Frau hinterhersah, die entschlossenen Schrittes davonging. Kempferts Züge wirkten hart wie Stein, doch als er den Vorhang zuzog, glaubte ich ein feuchtes Blitzen in seinen Augen zu sehen.

Ein paar Tage später kaufte ich in der Bäckerei zwei Häuser weiter ein paar Laugenbrezeln. Während die Bäckersfrau mich bediente, tratschte sie mit einer anderen Kundin und so erfuhr ich, dass Frau Kempfert die Scheidung eingereicht und ihren Mann außerdem wegen Diebstahls geistigen Eigentums verklagt hatte. Die beiden Frauen orakelten, was das bedeuten sollte. Mir war gleich klar, worum es ging: um Babette Kempferts seit Generationen gehütetes Familienrezept für Maultaschen.

Gespannt verfolgte ich vom Schreibtisch aus, wie sich die Abwesenheit von Frau Kempfert in der Metzgerei bemerkbar machte. Doch zu meiner Verblüffung änderte sich nur wenig. Die blonde Verkäuferin bekam nun öfter einen Klatsch auf den strammen Hintern, nach Feierabend schrubbte statt Frau Kempfert eine Putzfrau über die Fliesen und eine Studentin von der Fachhochschule gab den Mittagstisch aus. Bald schien es, als hätte Frau Kempfert nie existiert.

Vier Monate später kündigte sich in dem schon länger leer stehenden kleinen Laden im Erdgeschoss gegenüber eine Veränderung an. Ein Handwerker montierte das alte Schild mit der Aufschrift „Kurzwaren“ über dem Schaufenster ab und strich Fassade und Verkaufsraum in einem warmen Apricot-Ton. Ein Steinmetz besserte die ausgetretenen Marmorstufen vor der Eingangstür aus. Obwohl sein Hämmern durch die Marktgasse dröhnte und mich beim Schreiben störte, wuchs meine Neugier auf den zukünftigen Inhaber.

An einem regnerischen Montagmorgen war es endlich so weit. Ein Taxi hielt vor dem renovierten Ladengeschäft und heraus stieg eine elegante Dame in beigem Kostüm mit Hut auf dem Kopf und Pudel im Arm. Der Taxifahrer trug edel wirkende Gepäckstücke aus Leder ins Haus, nahm mit einem Bückling Trinkgeld entgegen und rollte über das Kopfsteinpflaster Richtung Landolinsplatz davon. Weil der Hut der Dame so ausladend war, sah ich ihr Gesicht erst, als sie ein paar Schritte zurücktrat, den Kopf hob und den neuen Schriftzug „Feinkostgeschäft" über dem Laden studierte.

Ich musste zweimal hinsehen, bevor ich meinen Augen traute. Die Dame war niemand anders als Frau Kempfert. Ihre mausgraue Dauerwellenmatte war einem chicen dunklen Pagenkopf gewichen, ihr Gesicht war perfekt geschminkt und das beige Kostüm harmonierte farblich mit dem Pudel und der ausladenden Hutkreation, die ihr auch auf der Rennbahn in Baden-Baden alle Ehre gemacht hätte. Wie es aussah, hatte Frau Kempfert ihre Abwesenheit nicht nur für eine Existenzgründung, sondern auch für eine optische Generalüberholung genutzt.

Eine Woche später eröffnete der Feinkostladen und ich gewöhnte mich rasch an die stetige Melodie der Türglocke. Frau Kempferts Geschäfte schienen gut zu laufen, was sicher auch an ihrem verlockenden Schaufenster mit italienischen Antipasti, Käsespezialitäten aus der Region und liebevoll verpackten Marmeladen lag. Das unbestreitbare Highlight ihrer Auslage aber waren die hausgemachten Maultaschen aus weißem, grünem und rotem Nudelteig, die auf Porzellanplatten mit Goldrand zu kleinen Pyramiden gestapelt waren.

Noch bevor ich Gelegenheit hatte, Frau Kempferts Maultaschen zu kosten, malte mir der nette Apotheker aus dem Nebenhaus das kulinarische Erlebnis mit vielen „Ahs“ und „Ohs“ aus.

„Wissen Sie, bisher dachte ich immer, die echt schwäbischen Maultaschen aus der Metzgerei wären mit Abstand das Beste, was einem zwischen die Zähne geraten kann“, sagte der grauhaarige Herr und strich sich mit der Zunge genießerisch über die schmalen Lippen. „Aber was Frau Kempfert in ihrer Küche zaubert, ist eine geschmackliche Offenbarung.“ Mit leuchtenden Augen schwärmte er mir von Maultaschen mit cremiger Ricotta-Füllung und pikanten Lachsmaultaschen auf Paprikaschaum vor, als hätte er dem schwäbischen Nationalgericht in seiner traditionellen Form ein für alle Mal abgeschworen.

Das konnte nur eines bedeuten: Frau Kempfert hatte den Kampf um das alte Familienrezept gegen ihren Mann verloren und rächte sich dafür mit kulinarischem Einfallsreichtum. Und wie ich bald feststellte, war unser Apotheker nicht der Einzige, der maultaschentechnisch seinen Horizont erweiterte.

Obwohl ich schon seit Tagen über der Fortsetzung meiner Highlandsaga brütete, ging mir das Schreiben nur stockend von der Hand. Mein schottischer Held sollte sich in eine Engländerin verlieben, so wollte es mein Verleger. Wer jemals mit der Verlagsbranche zu tun hatte, weiß, dass der Wunsch eines Verlegers der Bedeutung von Moses' zehn Geboten kaum nachsteht. Aber mir wollte einfach nicht einfallen, wie ich diese historisch prekäre Wendung hinbekommen sollte, denn immerhin hatten die britischen Regierungstruppen blutig unter den aufständischen Schotten gewütet.

Frustriert flüchtete ich vor meinem weißen Blatt in die Metzgerei Kempfert, um bei einem leckeren Mittagessen Trost zu finden. Donnerstags gab es Maultaschen in der Brühe und dazu Kartoffelsalat, was nur für „Reingschmeckte" ein gastronomisches Rätsel ist. Der wahre Kenner löffelt nämlich zuerst die Brühe aus dem Teller und gibt dann den Kartoffelsalat zu den Maultaschen. Während ich genoss, wie sich der saftige Kartoffelsalat mit den würzigen Maultaschen im Mund zu einem einmaligen Geschmackserlebnis vermengte, hörte ich, wie Metzgermeister Kempfert sich vor seiner Wursttheke mit der Bäckersfrau unterhielt, bei der ich immer meine Brezeln kaufte.

„So, Frau Kächele", salbte Kempfert in seinem typischen Kundensingsang und verpackte Schinkenwurst und Aufschnitt unter großem Rascheln in eine Papiertüte. „Wie viel darf's denn heute von unseren frischen Maultaschen sein?"

Die Bäckersfrau winkte ab. „Ach, Herr Kempfert, das lassen wir heute. Ich muss unbedingt die Lachsmaultaschen Ihrer Frau probieren, von denen meine Schwiegertochter so schwärmt."

Kempferts Gesichtszüge gaben der Schwerkraft nach. Aber er war Geschäftsmann genug, um der Bäckersfrau trotzdem einen schönen Tag zu wünschen. Kaum hatte sie den Laden verlassen, begann die blonde Verkäuferin hinter vorgehaltener Hand zu kichern. Kempfert verschwand mit finsterem Blick im Nebenraum.

In dieser Nacht balancierte der gelborange Mond wie eine Honigmelone über den steilen Weinbergen des Neckartals. Mithilfe einer Flasche Trollinger vom Esslinger Schenkenberg versuchte ich mich erneut an der unglaubwürdigen Handlung, die mein Verleger sich vorstellte. Je später der Abend, desto leerer wurde die Trollingerflasche und desto verwegener wurde mein schottischer Held. Als er eben dabei war, die Fassade zum Frauengemach der Burg seines Feindes hochzuklettern, in dem die schöne Engländerin vor dem knisternden Kamin saß und an ihrer Laute zupfte, lenkte mich ein Poltern ab, das von draußen kam. Ich trat ans Fenster. Die Marktgasse lag wie ausgestorben im Licht der Straßenlaternen. Kein Wunder, schließlich war es bald Mitternacht, und wie jeder wusste, wurden die Gehsteige der Altstadt schon lange vorher hochgeklappt.

Wieder hörte ich dieses Poltern. Da machte ich vor dem Schaufenster des Feinkostladens eine schwankende Silhouette aus, die mit Fußtritten etwas über das Pflaster kickte. Es war der Werbeaufsteller, auf dem Frau Kempfert mit farbiger Kreide vor ihrem Laden die aktuellen Angebote bewarb. Als der nächtliche Unruhestifter den Aufsteller bis zu einem vernachlässigten Grünstreifen gekickt hatte, der von einigen Anwohnern zum Ärger der anderen Anwohner als Hundeklo benutzt wurde, kehrte er um und trat in das Haus neben dem Feinkostladen. Zehn Sekunden später ging im ersten Stock das Licht an und Metzgermeister Kempfert schwankte in sein Wohnzimmer.

Weil mein Abgabetermin näher rückte, saß ich am nächsten Morgen schon früh am Schreibtisch und schrieb an einer Schwertkampfszene, die auf dem Wehrgang einer Burg stattfinden sollte. Während ich vor meinem geistigen Auge den Schwertkampf choreografierte, kam Frau Kempfert mit ihrem Pudel die Marktgasse entlang. Der Pudel blieb vor dem zum Hundeklo verkommenen Stückchen Restgrün stehen, hob das Bein und pinkelte auf den Werbeaufsteller. Frau Kempfert stutzte, sah zu ihrer Ladentreppe und wieder zurück zu dem Objekt, auf das ihr Pudel urinierte, als fragte sie sich, wie ihr Aufsteller hierhergekommen war.

Da ich sowieso abgelenkt war, beschloss ich, ein zweites Frühstück einzuschieben, und holte mir in der Bäckerei eine Laugenbrezel. Auf dem Rückweg leerte ich meinen Briefkasten, der neben der heutigen auch die gestrige Ausgabe der Esslinger Zeitung enthielt, weil ich die letzten beiden Tage keinen Schritt aus der Wohnung gesetzt hatte. Solange der Kaffee durchlief, blätterte ich in der Zeitung. Auf der ersten Seite des Lokalteils war ein großes Foto von einer Dame mit Pudel im Arm zu sehen: Frau Kempfert vor ihrem Feinkostgeschäft. *Ist das die neue Maultaschenkönigin von Esslingen?*, fragte die fett gedruckte Überschrift über dem mehrspaltigen Artikel. Unwillkürlich fragte ich mich, wie Herr Kempfert, der in der ganzen Region als Maultaschenkönig von Esslingen bekannt war, bei dieser Lektüre wohl reagiert hatte. Dann ging mir auf, dass er vermutlich deshalb heute Nacht den Werbeaufsteller seiner Frau malträtiert hatte.

Der Artikel stellte Frau Kempferts neue Geschäftsidee vor. Ermutigt vom großen Erfolg ihrer Maultaschenkreationen, bot sie ab sofort auch einen Mittagstisch an. Die Gerichte wechselten täglich, und um den Lesern Appetit zu machen, verriet sie ihr Rezept für die Lachsmaultaschen auf Paprikaschaum, die der Apotheker kürzlich so begeistert gelobt hatte. Dieses Rezept war das erste einer ganzen Reihe, die Frau Kempfert für die Rubrik *Esslinger Meisterköche* nun regelmäßig beisteuern würde. Der Artikel endete mit dem Hinweis auf den Maultaschen-Kochkurs, den sie ab nächstem Semester an der Volkshochschule anbot. Frau Kempfert schien nicht nur ein Händchen für leckere Maultaschen, sondern auch einen guten Draht zur Redaktion unserer Tageszeitung zu haben.

Es dauerte nur eine knappe Woche, bis Metzgermeister Kempfert zurückschlug. Ein neongelber Werbezettel im Briefkasten informierte mich darüber, dass der „allseits beliebte und geschätzte" Maultaschenkönig von Esslingen mit der Zeit ginge und das Internet nutzen wolle, um alle Fans seiner Maultaschen noch glücklicher zu machen: mit dem ersten Maultaschen-Onlineversand der gesamten Region. Nun konnte ich meine Wochenration „Herrgotts-Bscheißerle", wie man die ursprüngliche Fastenspeise wegen des raffiniert im Nudelteig versteckten Fleisches im Schwäbischen nannte, also direkt vom Schreibtisch aus bestellen. Innerhalb von vierundzwanzig Stunden würde ich sie laut Werbezettel vakuumverpackt in stoß- und hitzebeständigen Styroporkisten nach Hause geliefert bekommen.

Die Gründung des Maultaschen-Onlineversandes schien Herrn Kempferts Tatendrang noch nicht zu befriedigen, was auch daran liegen konnte, dass die Ladenglocke seiner Frau seit dem publicityträchtigen Zeitungsartikel kaum mehr stillstand.

Als ich am Samstag mit voll gepacktem Einkaufskorb vom Markt kam, standen Frau Kempfert und ihre beiden neuen Aushilfen mit gelben Gummihandschuhen, Putzeimern und Wurzelbürsten vor der Schaufensterscheibe des Feinkostgeschäftes und schrubbten an angetrockneten orangefarbigen Klecksen herum, die aussahen, als hätte jemand mit Farbbeuteln um sich geworfen. Der Pudel umkreiste die Frauen begeistert kläffend und mit wedelndem Schwanz.

Frau Kempfert strich sich einige verschwitzte Haarsträhnen aus dem vor Anstrengung geröteten Gesicht und grüßte mich. Während sie ihren Lappen so energisch auswrang, als wolle sie jemandem den Hals umdrehen, knurrte sie: „Rohe Eier. Die sind inzwischen so angetrocknet, dass man sie beinahe mit dem Messer abkratzen muss. Eine unglaubliche Sauerei.“

Mitfühlend schüttelte ich den Kopf und ärgerte mich gleichzeitig, weil ich den nächtlichen Anschlag verpasst hatte. Denn natürlich ahnte ich sofort, wer die Eier geworfen hatte.

Als könne sie meine Gedanken lesen, sagte Frau Kempfert mit kühler Stimme: „Mir scheint, da ist jemand eifersüchtig auf meinen Erfolg.“ Sie hielt im Schrubben genau so lange inne, um einen Blick zur Metzgerei ihres Mannes zu werfen. Die Aushilfen wechselten schweigend einen ebenso viel sagenden Blick.

Zu Hause setzte ich mich sofort an den Schreibtisch und überarbeitete die Schwertkampfszene zwischen meinem Helden und dem Burgherrn. Jetzt ließ ich den Kampf im Hühnerstall enden, was mir wunderbar anschaulich gelang. Ebenso wie der anschließende Streit zwischen dem Burgherrn und seiner Köchin, die einen Wutanfall bekam, nachdem beim Duell ihr kompletter Eiervorrat zu Bruch gegangen war.

Mein Mittagessen nahm ich inzwischen abwechselnd bei Frau Kempfert und in der Metzgerei ihres Mannes zu mir. Ich wollte so die gute Nachbarschaft pflegen, aber wenn ich ehrlich bin, war ich auch ein wenig sensationslüstern. Obwohl mir Frau Kempferts Verdacht gegen ihren Mann plausibel erschien, verzichtete sie zunächst großmütig auf Racheakte. Erst als der Metzgermeister eine groß angelegte Werbeaktion startete, spitzte sich der Maultaschenkrieg weiter zu.

Diesmal spannte Kempfert die Presse für sich ein, indem er zur Wahl der Esslinger Maultaschenkönigin aufrief. Diesen Titel sollte nicht etwa diejenige Frau bekommen, die die besten Maultaschen kochte, sondern die hübscheste. Kempfert inszenierte eine Schönheitswahl in der Stadthalle, bei der die Kandidatinnen im Bikini und in Küchenschürze vor Esslinger VIPs aus Gemeinderat, Gastronomieszene und Presse posierten. Die Veranstaltung soll gut besucht gewesen sein. Eine Dame saß allerdings bestimmt nicht im Publikum, und zwar Frau Kempfert. Ich bin mir deshalb so sicher, weil ich sie an dem Abend, an dem die Wahl stattfand, in einem unförmigen Overall mit Kapuze zum Metzgerladen ihres Mannes schleichen sah. Obwohl sie vermummt war, wusste ich sofort, dass sie es war, weil neben ihr ein Pudel trottete und interessiert beobachtete, wie sie mit roter Sprühfarbe etwas auf das Schaufenster schrieb.

„Maultaschenkönig = Betrüger", stand auf der Scheibe. Und darunter: „Erfolgsrezept ist geklaut!"

Sicher wäre die Botschaft stärker gewesen, wenn sie verraten hätte, von wem das Maultaschenrezept in Wirklichkeit stammte, nämlich von Frau Kempfert beziehungsweise ihrer Urgroßmutter Berta. Natürlich wäre dann aber der Hinweis auf den Urheber der Graffiti zu offensichtlich gewesen. Doch auch so schlugen ihre Graffiti ein wie eine Bombe. Den ganzen Morgen über versammelten sich Nachbarn und Passanten vor dem Schaufenster der Metzgerei und tuschelten. Zufällig stand auch ich in der Menge, als Frau Kempfert mit ihrem Pudel vorbeilief. Sie würdigte die Graffiti keines Blickes, doch ich glaubte ein zufriedenes Lächeln um ihre Mundwinkel spielen zu sehen. Gegen Mittag fuhr der Transporter einer Baufirma vor und verdeckte die Aufschrift hinter einem mit einer Plane verhängten Gerüst.

An diesem Tag habe ich den Pudel das letzte Mal lebendig gesehen. Wenig später fand man ihn tot auf der kleinen Rasenfläche, die er manchmal als Hundeklo benutzte. Der Apotheker erzählte mir, der Pudel sei wahrscheinlich an Rattengift eingegangen. Frau Kempfert trug seit diesem traurigen Anlass nur noch Schwarz. Genau wie der maskierte Junge auf dem Mountainbike, der am folgenden Tag vor der Metzgerei stoppte, eine Stinkbombe durch die offene Tür warf und davonraste, als wäre der Teufel hinter ihm her. Den Jungen konnte ich wegen seiner Maskierung nicht erkennen, aber das gelbe Mountainbike hatte ich schon vor dem Feinkostgeschäft gesehen. Es gehörte dem Sohn einer Aushilfe.

Ob auch Herr Kempfert das Fahrrad erkannt hat, weiß ich nicht. Aber auf jeden Fall wusste er, wem er den geschäftsschädigenden Geruchsanschlag verdankte. Noch bevor der Morgen dämmerte, raste er mit seinem Kombi mitten in das Schaufenster des Feinkostladens.

Wenige Tage danach wurde ich erneut aus dem Schlaf geschreckt. Von der Sirene eines Feuerwehrwagens, der vor dem lichterloh brennenden Fachwerkhaus an der Ecke hielt. Die Feuerwehrleute bemühten sich, die Flammen zu löschen, doch es war vergeblich. Von dem liebevoll sanierten Haus, in dessen Erdgeschoss die Metzgerei Kempfert logierte, blieben nur die Grundmauern und ein paar verkohlte Balken übrig. Bis auf Herrn Kempfert konnten sich alle Bewohner rechtzeitig in Sicherheit bringen. Der Metzgermeister kam in den Flammen um. Obwohl Gerüchte über Brandstiftung kursierten, fand die Polizei keine konkreten Hinweise. Ungeklärt blieb auch, warum Herr Kempfert sich nicht aus dem brennenden Haus hatte retten können. Die Brandursache soll ein Kurzschluss im Schneidemischer für die Wurstherstellung gewesen sein.

Ein halbes Jahr später verkaufte Frau Kempfert ihr Feinkostgeschäft, lud ihre Habseligkeiten in ein Taxi und fuhr davon, ohne sich noch einmal umzublicken. Die Bäckersfrau hat mir erzählt, Frau Kempfert hätte die Lebensversicherung ihres verstorbenen Mannes ausbezahlt bekommen. Herr Kempfert habe wohl vergessen, jemand anders als Begünstigte einzutragen.

Obwohl ich mich jetzt wieder besser auf meine Liebesromane konzentrieren kann, vermisse ich die beiden Kempferts. Meinem Verleger habe ich vorgeschlagen, die Handlung des nächsten Heftromans von den schottischen Highlands in eine idyllische schwäbische Kleinstadt zu verlegen. Ich habe ihm vom herrlichen Neckartal, der Schwäbischen Alb und unserer Weinbautradition erzählt, aber erst, als ich ihm den besonderen Menschenschlag der Schwaben beschrieb, hat er zugestimmt.

Jedes Mal, wenn ich Maultaschen esse, muss ich an Frau Kempfert denken. Wo sie jetzt wohl lebt und ob sie immer noch die schwäbische Küche schätzt? Übrigens habe ich nie mehr so gute Maultaschen wie von den Kempferts gegessen.

SILVIJA HINZMANN

Haben und Nichthaben

Hermine Mollenkopf stand am Herd und wendete das goldgelbe Flädle. Zwei andere lagen bereits auf einem Teller zum Abkühlen. Sie stellte die Gasflamme kleiner und ging auf die Veranda, um frische Luft zu schnappen. Wieder einmal ging ein stiller Tag zu Ende. Der prächtige Hortensienbusch leuchtete im Schein der untergehenden Sonne und dahinter, kaum hundert Meter weiter, zog sich der Wald den Hang hinauf, der bereits im tiefen Schatten lag. Seit dem Tod ihres Mannes lebte sie allein in ihrem alten Haus, das in einer schmalen Gasse am Rande von Gablenberg lag. Ihre Tochter Mathilde hatte es geerbt und Hermine hatte lebenslanges Wohnrecht, aber Johannes, ihrem raffgierigen Schwiegersohn, wäre es viel lieber gewesen, wenn sie ins Seniorenheim gezogen wäre. Hermine fand, dass sie mit ihren achtzig Jahren noch sehr rüstig war, und wollte nichts davon hören.

Johannes hatte vor, das Haus, in dem sie seit ihrer Jugend lebte, abzureißen und ein großes Mehrfamilienhaus hinzustellen. Jedes Mal, wenn er und Mathilde vorbeikamen, fing er davon an. Er war ein Lump in seinem Herzen, das wusste sie. Er sah aus wie die Schurken, die Humphrey Bogart in seinen Filmen verkörpert hatte.

„Dein Erspartes und die Rente würden für die Heimkosten locker ausreichen. Und selbstverständlich würdest du von den Mieteinnahmen einen Anteil bekommen."

Aber Hermine liebte das Haus, in dem sie fast ihr ganzes Leben verbracht hatte. Und das kleine Vermögen, das sie im Laufe der Jahre zusammengespart hatte, sollten ihre beiden Enkel bekommen.

„Einen alten Baum verpflanzt man nicht. Ich bleibe also hier", hatte sie geantwortet.

„Denk doch mal praktisch. Das Seniorenheim ‚Abendfrieden' ist eines der besten. Du hättest da allen Komfort und müsstest keinen Finger mehr rühren."

Das hätte er wohl gerne!

„Dein Bett würde gemacht, die Wäsche gewaschen, du hättest drei Mahlzeiten am Tag, einen Arzt im Haus und nette Gesellschaft." Johannes ließ nicht locker.

„Ja, ja, lauter alte Leute, die im Rollstuhl sitzen oder bettlägerig sind. Außerdem lebt man da ganz schön gefährlich. Erst neulich kam ein Bericht im Fernsehen, dass ein Altenpfleger mehrere Heimbewohner umgebracht hat. Willst du das vielleicht?"

„Aber, aber, wo denkst du denn hin?" Johannes grinste breit.

„Aber Mutter, du bist hier ganz allein. Was ist, wenn du hinfällst und liegen bleibst? Wir können nicht jeden Tag nach dir schauen, und die Kinder haben auch kaum Zeit. Überleg es dir wenigstens. Du könntest dort genauso leben wie hier", warf Mathilde ein. Das fehlte noch! Ihre Tochter, ihr eigen Fleisch und Blut, war ihr in den Rücken gefallen.

„Ihr müsst schon warten, bis ich unter der Erde bin. Dann könnt ihr tun und lassen, was ihr wollt", sagte Hermine trotzig „Lass es gut sein, Mathilde. Wenn Mutter etwas passiert, ist sie selber schuld", hatte Johannes beleidigt geantwortet.

Seitdem war er nicht mehr mitgekommen. Und Mathilde hatte es endlich aufgegeben, Hermine zum Altersheim zu überreden. Wenn sie mal vorbeikam, entschuldigte sie Johannes wortreich. Er müsse hierhin und dorthin, habe als Versicherungsvertreter einen stressigen Beruf. Aber Hermine wusste es besser. Johannes war froh, wenn er von daheim weg konnte. Und ihr war es mehr als recht, dass er wegblieb. So musste sie wenigstens nicht länger sein besserwisserisches Geschwätz ertragen.

Würziger Geruch wehte von der Küche her.

„Oh je, das Flädle!", rief sie und eilte zurück. Das hatte sie ganz vergessen. Sie zog die Pfanne vom Feuer und warf das schwarz gewordene Ding in den Mülleimer. Nur gut, dass die zwei anderen so gut gelungen waren.

Obwohl sie alleine essen würde, legte sie im Esszimmer einen zweiten Teller und Besteck auf. Diese Angewohnheit hatte sie von ihrer Mutter übernommen, und die hatte sie von ihrer Mutter, und die wiederum von ihrer. Aber von den alten Bräuchen hatten die Leute heutzutage keine Ahnung mehr. Kein Wunder, dass die Welt den Bach runterging. Die im Fernsehen sagten das auch. Mal sehen, was heute in der Welt passiert ist, überlegte sie und schaltete den Apparat ein. Die Fernbedienung legte sie auf die Couch und überflog die TV-Zeitschrift. „Haben und Nichthaben" sollte gleich kommen. Der Titel kam ihr irgendwie bekannt vor, aber egal, Hauptsache, die Handlung war spannend.

Wieder in der Küche, schnitt sie die Pfannkuchen in dünne Streifen, legte sie in die Suppenterrine und goss die heiße Brühe darüber. Es duftete herrlich. Jetzt brauchte sie nur noch frische Kräuter. Sie nahm die Schere vom Haken und schlüpfte in die alten Pantoffeln, die auf der Veranda standen. Inzwischen war die Sonne untergegangen. Die Luft duftete nach Rosen, die an der Hauswand hochrankten. Die siebzehn Stufen, die in den Garten führten, waren ziemlich abgenutzt und einige wackelten gefährlich, aber Hermine hatte sich längst daran gewöhnt und würde den Teufel tun, sie reparieren zu lassen. Johannes war sich natürlich zu fein für solche Arbeit.

Hermine kniete sich neben das Beet hin und schnitt Petersilie und Schnittlauch ab. Plötzlich meinte sie, einen lauten Knall gehört zu haben. Sie verharrte in der unbequemen Stellung, und horchte, bis ihr der Rücken wehtat. Doch als nach einer Weile alles still blieb, ging sie zurück.

„Ich muss mich doch verhört haben", murmelte sie, während sie die Kräuter auf einem zerkratzten Vesperbrettchen schnitt. Das Bild auf dem Brett war kaum zu erkennen. Früher war darauf das Rotkäppchen und der böse Wolf abgebildet. Ihr Vater hatte es Mathilde zum sechsten Geburtstag gekauft. Oder war es zum siebten? Ja, ja, so schnell verging die Zeit. Ehe man sich versah, ging es dem Ende zu.

In diesem Augenblick hörte sie einen Schrei. Der kam doch aus dem Wohnzimmer? Sie spähte vorsichtig hinein. Aus dem Flimmerkasten starrte sie ein Mann im Trenchcoat und tief ins Gesicht gezogenem Hut an. Er kam ihr irgendwie bekannt vor. Der sah doch aus wie Johannes! Der Mann sagte jetzt etwas, aber sie verstand kein Wort. Wo hat sie bloß die Fernbedienung hingelegt? Oder war es doch nicht Johannes? Der Mann blickte sie feindselig an. Hermine wich instinktiv einen Schritt zurück. Jetzt sagte er wieder etwas. Im nächsten Moment hob er die Pistole und zielte. Er verzog keine Miene. Hermine starrte in den Lauf der Waffe und war unfähig, sich zu rühren. Für einen Augenblick stellte sich vor, Johannes würde tatsächlich da stehen und auf sie schießen. Das würde ihm bestimmt gefallen.

Ach, die im Fernsehen brachten nur noch Schrott. Mord und Totschlag. Früher kamen wenigstens schöne Musiksendungen mit Rudolf Schock oder Anneliese Rothenberger. Sie knipste das Licht an. Da war auch die Fernbedienung. Sie schaltete den Kasten aus und stand eine Weile unschlüssig im Zimmer. Was wollte sie eigentlich machen? Dann fiel es ihr wieder ein. Die Flädlessuppe! Sie holte die Terrine und setzte sich an den Esstisch. Die Suppe duftete wunderbar.

Doch kaum hatte sie zu essen angefangen, als jemand gegen die Verandatür hämmerte. Hermine zuckte zusammen.

„Hallo, bist du da?" Es war eindeutig eine Männerstimme.

„Mutter! Ich bin es, Johannes."

Auch das noch! Was wollte er um diese Uhrzeit bloß?

Er hämmerte weiter.

Es half nichts. Sie stand auf und machte ihm die Verandatür auf.

„Du hast mich vielleicht erschreckt", sagte sie statt eines Grußes.

„Hallo Mutter." Er drückte sich an ihr vorbei und stellte die Aktentasche ab.

„Wieso kommst du von der Gartenseite?"

„Ich war drüben im Neubau bei einem Kunden und da dachte ich, wenn ich schon mal da bin, schau ich kurz vorbei."

Wer's glaubt, wird selig, dachte Hermine. Er wollte doch nur sehen, ob sie noch lebte. Und wahrscheinlich hatte er hinter dem Haus geparkt, damit sein dicker Wagen vorne, in der Gasse, keinen Kratzer abkriegte.

„Hast du mich nicht gehört?“ Ich habe gerufen und gerufen.“ Er warf seinen Trenchcoat über die Stuhllehne und setzte sich.

„Ich bin ja nicht taub. Außerdem hab ich ferngesehen.“

Er sah sie prüfend an. „Ist wirklich alles okay?“

„Was sollte schon sein?“

„Ich sage es ungern, Mutter, aber ich habe schon länger den Eindruck, dass du nicht mehr auf der Höhe bist. Zufällig kenne ich einen sehr guten Arzt und kann gerne einen Termin für dich vereinbaren. Er betreut übrigens die Senioren im ‚Abendfrieden‘.

„Mir fehlt gar nichts.“ Er hatte die Unverfrorenheit, ihr zu sagen, dass er sie für plemplem hielt!

„Trotzdem solltest du dich mal gründlich durchchecken lassen.“

„Das hat Zeit“, sagte Hermine.

Johannes schnupperte. „Hast du dir was Gutes gekocht?“

„Ja“, sagte Hermine knapp. Es fiel ihr nicht im Traum ein, ihn zum Essen einzuladen. Jeden anderen ja, aber nicht ihn.

„Und? Was gibt es Neues?“, fragte er.

„Was soll es bei mir schon geben? Wie du siehst, lebe ich noch.“

Johannes überhörte ihre Antwort und nahm die Flasche Mineralwasser, die auf dem Tisch stand, griff nach einem Glas und schenkte sich ein.

„Ich hab vielleicht einen Durst. Den ganzen Tag hab ich mir den Mund fusselig geredet, konnte aber gerade mal eine läppische Lebensversicherung abschließen. Und erst im Büro! Nichts als Stress.“

Hermine verzog keine Mine. Erwartete er etwa, dass sie ihn bedauerte?

„Tja, dann will ich mal wieder gehen. Danke für das Wasser.“ Er stand auf, nahm seine Sachen.

„Überleg dir das mit dem Arzt. Und wenn du was brauchen solltest, gib Mathilde den Einkaufszettel einfach telefonisch durch.“

Hermine sah ihn misstrauisch an. Das war jetzt wohl die Masche „fürsorglicher Schwiegersohn“.

„Das bisschen kann ich selber einkaufen.“

„Na dann ...“

Endlich war er draußen.

Hermine wollte schon die Tür hinter ihm zumachen, als er sich umdrehte.

„Ach, fast hätte ich es vergessen. Morgen früh, so gegen neun Uhr kommen ein paar Leute von der Immobilienfirma her. Sie wollen sich ein wenig umsehen. Interessieren sich für das Haus beziehungsweise Grundstück. Ganz unverbindlich, natürlich."

„Natürlich“, sagte Hermine. Ihre Hand schloss sich wie von selbst um die Schere, die auf der Arbeitsplatte lag. Er machte also Nägel mit Köpfen, wollte sie tatsächlich rausekeln?

„Du musst dir wegen des Gartens keine Sorgen machen. Ich werde dabei sein und aufpassen, dass sie den Rasen und die Beete nicht zertrampeln.“ Er verzog das Gesicht zu einem schiefen Lächeln.

„Ich mach mir überhaupt keine Sorgen um den Garten“, sagte Hermine und drückte die Hand mit Schere gegen ihre Hüfte. Dieser Schuft besaß die Frechheit, sie vor die Tür zu setzen! Aber das würde sie sich nicht bieten lassen. Niemals!

„Bis morgen also.“ Er winkte und ging in Richtung Treppe.

Es wäre eigentlich ganz einfach, dachte sie. Ein, zwei Schritte nur und ich ramme ihm die Schere in den Rücken. Dann wäre endlich Schluss mit seinem blöden Gerede vom Arzt und Altersheim. Andererseits, sagte sie sich, war er es nicht wert, dass sie sich versündigte.

Sie sah ihm nach. Jetzt war er fast unten.

„Johannes ...“, rief sie.

Er drehte sich um und sah nach oben zu ihr. „Ja?“

„Ach nichts“, sagte Hermine.

Im selbem Moment verlor Johannes das Gleichgewicht. Seine Aktentasche flog durch die Luft, er ruderte mit den Armen und schlug mit dem Hinterkopf gegen die Steinstufen.

Es war so still im Garten. Am Himmel hing ein honiggelber Mond. Die große Blutlache, die sich unter Johannes' Nacken gebildet hatte, glitzerte im Mondschein.

„Ich glaube, die Treppe sollte dringend repariert werden“, sagte Hermine nach einer Weile.

Dann ging sie ins Haus und wärmte die Flädlessuppe auf.

SABINE BOHNET

Bilder der Vergangenheit

Stefanie drückte die Klinke des schmiedeeisernen kleinen Tores hinunter und trat zögernd in den Garten. Ihr Magen krampfte sich zusammen, und ihr Herz schlug bis zum Hals. Kalt blies der Novemberwind von den Weinbergen herab. Sie zog ihren Mantel enger um sich und ließ ihren Blick hinaufschweifen zu den schier endlosen Hängen mit den alten Rebstöcken. Sie blieb stehen und schnupperte. Lag in der Luft nicht ein feiner Geruch von frischem Hefeteig? Sie schloss die Augen und sog den Duft ein. Plötzlich ertönte die Stimme ihres Vaters, schwoll an, die Hintertür flog auf und krachte gegen die Hauswand. Mit langen Schritten stürmte er an Stefanie vorbei auf die Straße. Sie sah ihm verwirrt nach und wandte sich wieder dem Haus zu.

Im Türrahmen stand ihre Mutter. Die Ärmel ihres Kleides waren bis über die Ellenbogen hochgerollt. Die blaue Schürze war wie früher voller Mehlflecken.

„Komm rein meine Kleine, komm rein."

Stefanie rannte auf sie zu und umarmte sie.

Die Mutter schob sie in die Küche und zog hinter ihnen die Tür zu. „Wenn die Kälte reinzieht, geht mir der Teig nicht auf."

Es hatte sich nichts verändert. Auf dem eisernen Ofen in der Ecke stand griffbereit die Kaffeekanne, und darüber auf den Regalen stapelte sich das cremefarbene Steingutgeschirr.

Eingeweichtes Dörrobst, Rosinen, Haselnüsse und Mandeln standen in Schüsseln auf dem dunklen Holztisch in der Mitte des Raumes. Stefanie setzte sich.

„Nach all den Jahren hat mich der Vater nicht mal angesehen. Er ist noch genauso wütend wie damals."

„Ach, dein Vater hat sich nur über einen Lieferanten aufgeregt. Du kennst ihn ja: Wenn's ums Geschäft geht, versteht er keinen Spaß."

„Nicht nur dann", murmelte Stefanie.

Ihre Mutter wischte sich die Hände an der Schürze ab.

„Ich schieb schnell noch die ersten Hutzelbrote in den Ofen, und dann erzählst du mir alles."

Von ihrer Ausbildung zur Winzerin an der Mosel erzählte sie, von ihrem Praktikum in Frankreich und von den letzten beiden Jahren in Kalifornien im Napa Valley, wo sie in der Nähe von Yountville auf einem berühmten Weingut gearbeitet hatte.

Die Mutter hörte mit großen Augen zu und war beeindruckt von den vielen Erfahrungen, die Stefanie in den vergangenen Jahren gesammelt hatte.

„Seit du mir geschrieben hast, dass der Vater Probleme mit dem Herzen hat und den Weinberg verkaufen will, wusste ich, dass ich sofort heimkommen muss. Ich weiß, dass ich den Weinberg übernehmen kann, aber ich hab auch Angst, ihm das zu sagen."

„Er hat im Augenblick so viel im Kopf", sagte die Mutter. „Gib euch etwas Zeit. So ein Streit wie eurer ist nicht so schnell aus der Welt."

„Aber das alles ist doch schon sechs Jahre her."

„Dein Vater ist immer noch der Meinung, dass Frauen in diesem Beruf nichts zu suchen haben."

„Er wollte immer nur einen Sohn haben. Darum hat er auch meine Schwester getötet."

„Stefanie!", schrie ihre Mutter auf und schlug die Hände vors Gesicht. „Wie kommst du nur dazu, so etwas zu behaupten?"

„Ich sehe es immer wieder vor mir: wie der Vater sich über die Wiege beugte, in der Hedwig gelegen hat. Gewimmert hat sie und plötzlich war sie still. Der Vater hat schnell das Zimmer verlassen, du hast tagelang geweint und mir dann gesagt, dass die Hedwig gestorben sei."

„Du warst damals fünf Jahre alt – wie hätte ich es dir erklären sollen? Es war eine schwere Geburt, ich war am Ende meiner Kräfte. Tante Inge hat sich seinerzeit um dich und das Baby gekümmert."

„Tante Inge war damals schon im Haus? Daran kann ich mich gar nicht erinnern."

Während ihre Mutter erzählte, wie Tante Inge kurz vor Hedwigs Geburt zu ihnen gezogen war, zeichnete Stefanie das Blumenmuster der Kaffeetasse nach. Tante Inge, der Schrecken ihrer Kindheit. Laute, durchdringende Stimme. Adleraugen.

„Inge hat mir bei Hedwigs Geburt beigestanden. Ich hab ihr deutlich angesehen, wie enttäuscht sie war: wieder kein Bub. Die kleine Hedwig war so schwach. Sie konnte kaum atmen und hat nichts getrunken. Ich war einfach noch zu erschöpft zum Stillen. Sie hat die Nacht nicht überstanden."

„Weil Vater sie mit einem Kissen erstickt hat", brauste Stefanie auf.

„Aber nein, es war doch Weinlese und er hat oben in der Hütte im Wengert geschlafen. Inge und ich waren mit euch

Kindern alleine. Er kam erst spät am nächsten Morgen zurück.“

Aber sie hatte es doch gesehen, den Vater, die Wiege. Stefanie starrte verwirrt in ihre Tasse. Waren die Bilder aus der Vergangenheit nur Produkte ihrer Fantasie?

Ziellos lief sie durch das Dorf. Sie war nicht erstaunt, als sie sich am Fuße des Weinbergs wiederfand. Schon als Kind war hier ihre Zuflucht gewesen. Zügig stieg sie den Steigweg Terrasse für Terrasse hinauf bis ganz nach oben. An klaren Tagen konnte man weit ins Neckartal blicken, und Esslingen schien zum Greifen nah. Auf der obersten Terrasse blieb sie nach Atem ringend stehen. Auch heute sah sie am Horizont die Dächer der Stadt aufleuchten. Der ‚Dicke Turm‘ und das Wächterhaus, Teile der alten Befestigungsanlage, waren zu erkennen und wie ein schiefergraues Band lag der Neckar im Tal. Erschöpft ließ sie sich auf die Steinmauer sinken. Wie hatte sie vergessen können, dass ihre Tante damals schon bei ihnen im Haus gelebt hatte? War die Vorfreude auf das Geschwisterchen so groß gewesen, dass sie alle anderen Veränderungen nicht bemerkt hatte? Aber sie hatte ihren Vater doch gesehen.

Gedankenverloren ließ sie ihre Hand über den Boden gleiten. Es hatte in den letzten Wochen wenig geregnet und die oberste Erdschicht war trocken und zerbröselte zwischen ihren Fingern zu Staub. Sie kratzte tiefer, bis dunklere feuchte Erde zum Vorschein kam. Sie nahm eine Handvoll und hielt sie sich unter die Nase. Fast glaubte sie den Lemberger zu riechen, der hier wuchs. Kräftige rote Trauben, die nach langer Kellerruhe einen vollen samtigen Wein mit guter Säure und ausgewogenen Tanninen hervorbrachten. So roch es nur hier. Der bunte Mergel zusammen mit Stubensandstein und Knollenmergel bestimmten diesen Boden und verliehen ihm seinen ganz eigenen, einzigartigen Geruch.

Als Kind hatte sie ihren Vater immer beobachtet, wie er die Erde zwischen den Fingern zerrieb und daran roch. Sie hatte es ihm gleich getan. Zuerst aus Spaß, aber je älter sie wurde, desto deutlicher bemerkte sie, wie der Geruch sich im Laufe eines Jahres veränderte. Ihr Vater hatte sie nie daran gehindert, ihm in den Wengert zu folgen, aber er hatte keine ihrer vielen tausend Fragen beantwortet. Irgendwann, wenn ihm ihr ständiges Gebabbel zu viel wurde, hatte er sie mit barschen Worten nach Hause geschickt. Aber meist war sie nur ein paar Terrassen tiefer gelaufen und hatte sich zwischen den Reben versteckt.

Fast ehrfürchtig strich Stefanie über den zerfurchten Stamm einer Rebe. Hier wurzelte ihre Liebe zum Weinbau. Mit diesen Rebstöcken wollte sie arbeiten, und in ein paar Jahren würde sie einen erstklassigen Rotwein produzieren.

Die Glocken der Kirchturmuhr drangen bis zu ihr herauf, und sie zählte automatisch die Schläge mit. Es war bald Zeit für das Abendessen. Sie atmete tief ein. Es hatte keinen Sinn, irgendwann musste sie ihrem Vater gegenübertreten, und besser jetzt sofort als beim Essen. Sonst würden sie sich während der ganzen Mahlzeit schweigend gegenübersitzen und krampfhaft jeden Blickkontakt vermeiden.

Ihr Vater war in seinem Arbeitszimmer. Ihr Klopfen an der Tür wurde mit einem Brummen beantwortet. Sie trat ein.

Ihr Vater blickte hoch und ließ die Papiere, die er in der Hand hielt, langsam auf den Schreibtisch sinken.

„Da schau, unsr' Stefanie isch wiedr dahoim." Seine Stimme klang kühl und etwas spöttisch. „Wenn'd komma bisch, um mir im Wengert drennei zum schwätze, dann kosch glei wieder ganga."

Stefanie schluckte und ballte die Fäuste.

„Du willst den Weinberg verkaufen. Das lasse ich nicht zu!"

„Als wenn i mir von dir was saga lassa müst. Des han i ned needich. Pfeifedeckl, aber au", knurrte ihr Vater.

„Ich bin ausgebildete Winzerin und weiß, was zu tun ist."

„Weiberg'schwätz."

„Und wenn ich ein Bub wär, wäre es dann anders?" Jetzt nur nicht losheulen.

„D'r Herrgott hat mir aber koin Buba gäba, ond mit so oiner halsstarriche Dochter bin i doppelt g'stroft."

„Wer ist hier halsstarrig?", schrie sie, stürmte hinaus und knallte die Tür.

Sehr früh am nächsten Morgen stand Stefanie in der Küche und stocherte mit einem Holzscheit in der Glut des Ofens. Die Funken stoben auf, und innerhalb kurzer Zeit begann das Feuer zu lodern. Der Ofen verströmte eine wohlige Wärme, das Holz knisterte leise, und Stefanie sog die leicht rauchige Luft tief in sich ein.

„So früh schon auf?" Ihre Mutter zog sich einen Stuhl an den Tisch.

Stefanie küsste ihre Mutter auf die Wange.

„Ich geh heute bei der Winzergenossenschaft vorbei und sage ihnen, dass ich den Weinberg übernehme und aus dem Verkauf nichts wird. Ich bin nicht die erste Frau, die in einem Weinberg arbeitet. Tante Inge war doch auch immer mit dabei."

„Inge hat von Kind auf mitgearbeitet, das war etwas anderes."

Stefanie schnaubte wütend. „Der Vater hat sich nur nicht getraut, ihr zu sagen, sie soll sich raushalten. Tante Inge wusste es doch immer besser. Für sie gab es nur zwei Meinungen, ihre und die falsche."

„Inge meinte es doch immer nur gut", sagte die Mutter.

„Aber dir hat sie doch auch das Leben schwer gemacht. Nichts konntest du recht machen, immer kam Inge an und wusste wieder alles besser."

Die Mutter schüttelte den Kopf. „Sie war nur verbittert. Ganz jung verheiratet, ist ihr der Mann gestorben, und eigene Kinder hatte sie keine. Das muss sehr schmerzhaft für sie gewesen sein."

„Jetzt nimm sie doch nicht auch noch in Schutz", rief Stefanie. „Ich kann mich noch gut daran erinnern, wie sie im Ort über dich geredet hat. So eine wie du könne keine kräftigen Buben zur Welt bringen. Winzer bräuchten Buben, die im Weinberg mit anpacken könnten. Töchter würden nur den Ruin bedeuten!"

„Sie war eben eine vom ganz alten Schlag", sagte die Mutter. „Für ihren kleinen Bruder hat sie sich immer verantwortlich gefühlt. Ich bin ja nicht von hier, und das hat sie lang nicht verstanden, wie er so eine heiraten konnte. Aber als sie vor zwei Jahren krank wurde, hab ich sie gepflegt. In ihrer letzten Stunde hat sie mich um Vergebung gebeten. Ihre Worte waren kaum noch zu verstehen. Aber einer Sterbenden schlägt man keinen Wunsch ab. Es hat ihr Frieden gebracht." Die Mutter schluckte, und Stefanie glaubte Tränen in ihren Augen zu sehen. Vielleicht war aber auch nur der Rauch des Ofens daran schuld.

Auf ihrem Weg zur Winzergenossenschaft kam Stefanie am Friedhof vorbei. Sie war nie am Grab ihrer Schwester gewesen. Nach einigen Minuten hatte sie es gefunden und blieb andächtig davor stehen. Wie wäre es wohl gewesen, eine Schwester zu haben, fragte sie sich. Hätten wir uns gut verstanden, oder hätte es nur Zank zwischen uns gegeben? Hätten wir uns ähnlich gesehen? Wie wäre alles verlaufen, wenn wir beide zusammen gegen den Dickkopf unseres Vaters angetreten wären, oder hättest du kein Interesse am Weinanbau gehabt?

„Ach Hedwig“, seufzte Stefanie tief auf. „Auf all diese Fragen wird es nie eine Antwort geben. Und jetzt bin ich mir nicht einmal mehr sicher, wie du gestorben bist.“

Am Ausgang des Friedhofs stieß sie mit Schwester Gertrud zusammen. Die alte Frau freute sich sehr, Stefanie zu treffen.

„Es ist immer schön zu sehen, was aus den Kindlein geworden ist, denen man auf die Welt geholfen hat.“

„Das dürften bei Ihnen ja schon einige hundert sein“, sagte Stefanie lächelnd.

„Und doch erinnert man sich an jedes einzelne genau.“ Sie hakte sich bei Stefanie unter. „Komm, begleit mich ein Stück. Deine Mutter hat mir erzählt, du warst in Amerika.“

„Ja, aber jetzt bin ich wieder hier.“

„Deine Mutter ist so froh, dass du wieder da bist.“

Stefanie dachte daran, dass sich ihr Vater nicht gefreut hatte, und ihr Magen zog sich zusammen.

„Ich war eben bei Hedwig am Grab. Haben sie auch sie auf die Welt gebracht?“

„Deine Tante hat mich sehr spät gerufen“, antwortete die Hebamme. „Ich kam noch rechtzeitig, um das Kind abzunabeln. Ein wirklich kräftiges Kind. Trotz der langen und anstrengenden Geburt, die Kleine war gesund und munter.“

„Aber sie ist doch kurz nach der Geburt gestorben." Stefanie wurde unruhig.

„Das hat mich damals auch gewundert, auch dass es hieß, sie habe Schwierigkeiten mit dem Atmen gehabt. Aber vielleicht bring ich da auch was durcheinander."

Stefanie zog leise das Gartentor hinter sich ins Schloss.

Ihre Mutter harkte Laub. Sie konnte sehen, wie schwer ihr die Bewegungen fielen. Alt war sie geworden.

Warum hatte ihre Mutter gesagt, dass Hedwig ein so schwaches Kind gewesen war? Die Hebamme erinnerte sich an ein kräftiges Baby. Warum sollte eine der beiden lügen?

Aber was war, wenn jemand ihre Mutter belogen hatte? Ihr Vater hatte im Wengert gearbeitet, aber Tante Inge war die ganze Zeit im Haus gewesen.

Stefanie stand da und konnte eine ganze Weile an nichts mehr denken. Sie hatte nur noch eine Frage. Sie gab sich einen Ruck und ging zu ihrer Mutter. „Was solltest du Tante Inge eigentlich vergeben?"

Ihre Mutter stützte sich auf die Harke. „Sie war nur schwer zu verstehen. Sie murmelte immer wieder, dass Buben gebraucht würden, kräftige Buben, und dass es so das Beste gewesen wäre. Sie habe es einfach tun müssen. Keine Ahnung, was sie damit gemeint hat."

Stefanie atmete tief ein. Sie wusste, sie hatte etwas wieder gutzumachen.

„Ich bring dem Vater sei' Vesper."

Mit der Thermoskanne und einem Hutzelbrot im Arm ging sie den Steigweg hinauf, immer schneller. Plötzlich war alles ganz deutlich. Sie hatte die schweren Schritte ihres Vaters auf der Treppe erkannt und wollte zu ihm rennen, um ihn zu begrüßen. Vom Zimmer der Mutter ging er in den ersten Stock und beugte sich über Hedwigs Wiege. Sie selbst kauerte am Treppenabsatz und beobachtete ihn. Er war still. Dann ertönte ein Wimmern.

Das war nicht das Wimmern eines Babys gewesen, sondern das leise Weinen eines Vaters, der soeben sein totes Kind gefunden hatte. So war es gewesen.

Atemlos setzte sie sich wenig später neben ihren Vater. Lange blickten beide schweigend ins Tal. Stefanie suchte krampfhaft nach Worten, wie sie beginnen konnte. Ihr Vater würde den ersten Schritt nicht machen, soviel war ihr klar. Sie hielt ihm das Hutzelbrot und den Kaffee hin. Ohne sie anzusehen, nahm er ihr die Thermoskanne ab, zog ein Messer aus der Hosentasche und reichte es ihr.

„Es ist guter Boden“, sagte sie.

„Hmmmm“, brummte der Vater.

„Wir haben gesunde alte Rebstöcke.“

„Glei’ im Jänner“, die Stimme ihres Vaters klang rau, „müsse mr mit dem Rebschnitt ofanga. Wenn’d kräfdich mit no langscht, sen mr in zwo Wocha fertich.“

„Darauf kannst du dich verlassen.“ Befreit lachte Stefanie auf und schnitt sich eine dicke Scheibe Hutzelbrot ab.

NESSA ALTURA

Herrenberger Damendomino

„Unser Herrenberg", sagte Dagmar, und schaute über das Gäustädtchen, das friedlich am Rande des Schönbuchs vor ihr lag.

„Besser, Damenberg", gab Effi zurück und lachte spitzbübisch, „ich hätte übrigens mal wieder Lust auf unseren Ochsenmaulsalat."

„Genau das Gleiche habe ich heute Morgen auch gedacht", sagte Dagmar und strich sich über die silbernen Löckchen, an denen sie festhielt, obwohl Elfriede, die sich Effi nannte, ihr immer wieder sagte, dass sie altmodisch seien. Heutzutage gebe es doch so schicke moderne Haarschnitte. Dabei zeigte sie stets auf ihren asymmetrischen, rot getönten Kurzhaarschnitt.

„Besser nicht," sagte Dagmar dann, „Siebzigjährige sollen aussehen wie Siebzigjährige und nicht wie Fünfzigjährige."

Das letzte Mal hatte sie es gesagt, als sie von der Kreissparkasse gekommen waren und die monatliche Rente abgeholt hatten, bei beiden ein lächerlich geringer Betrag, der die Gratifikation für ein lebenslanges Haus-, Ehefrauen- und Mutterleben – Familienmanagerin nennt man das heute – darstellte. Nun, Manager – beide hatten für einen kurzen Augenblick den gut aussehenden Vorstandsvorsitzenden der Deutschen Bank vor Augen – nahmen ganz andere Überweisungen in Empfang, mit viel mehr Nullen hinter den Ziffern. Das Leben konnte sehr ungerecht sein.

Effi sah sich nach der großen Stiftskirche hinter ihrem Rücken um: „Hilf dir selbst, dann hilft dir Gott“, sagte sie bedeutungsvoll. „Wir müssen wieder …“.

„Ochsenmaulsalat mit untergehobenen warmen Kartoffeln und Gurke und Zwiebeln und Kapern“, flüsterte Dagmar sehnsüchtig.

„Ich gehe zum Metzger“, sagte Effi resolut, „und du siehst dich mal um. In der Fußgängerunterführung habe ich gestern einen ganz sympathischen Kerl gesehen, den könnten wir dazu einladen.“

„Natürlich aus rein karitativen Gründen“, sagte Dagmar und sie blinzelten einander zu. Knitz, nennt man das im Schwäbischen.

Beim Metzger Katz musste Effi etwas anstehen, sie betrachtete genüsslich die ausgelegten Wurstsorten, wurde kurz vom schwäbischen Wurstsalat – Schwarzwurst gemischt mit Lyoner – verlockt, entschied sich dann aber doch für den zarten Ochsenmaulsalat im Essigwasser, 600 Gramm in dem großen Plastikbehälter.

Never change a winning team, dachte sie übermütig. Sie besuchte zusammen mit Dagmar den Fortgeschrittenenkurs in englischer Konversation bei der Volkshochschule. Das hatte sich als zukunftsträchtig erwiesen; beide hatten nämlich eine Liebe für Kreuzfahrtschiffe entwickelt. Und da war und blieb nun mal Englisch die Bordsprache, jedenfalls, wenn man es auf die Karibik abgesehen hatte. Ach, das weite Meer, die

Delfinschulen, die knackigen Matrosen, die unablässig Metallteile an Deck strichen, das wunderbare Essen, die Spielsalons, der Bordfriseur, die Tanzabende mit den professionellen Eintänzern – es gab einfach nichts Schöneres für zwei Damen, die unternehmungslustig waren und gleichzeitig körperliche Strapazen scheuten. Und die Landausflüge waren immer glänzend organisiert – man musste sich um nichts kümmern und durfte genießen.

Kümmern müssen hatten sich beide ein Leben lang, Dagmar um ihren griesgrämigen Ehemann Gunther, einen echten Bruddler, der vor vierzehn Jahren schon gestorben war und um die zwei Söhne, die bei IBM und HP Karriere gemacht hatten, aber vor lauter Arbeit keine Zeit zum Heiraten fanden. Und Effi um ihre vier Kinder von zwei Männern, die heute in alle Winde verstreut waren und sich bei ihrer Mutter nur meldeten, wenn sie wieder einmal knapp bei Kasse waren. Vom ersten Mann, einem Dickkopf aus dem Schwarzwald, war sie schon 1982 geschieden worden, der zweite, Max, war mit einer Jüngeren an den Bodensee gezogen. Gut, dass auch diese Scheidung endlich durch war, Effi hatte ihn nie besonders gemocht und damals nur geheiratet, weil sie nach Sicherheit für ihre Brut gestrebt hatte. Sicherheit jedoch, das hatte sie erfahren müssen, lag nicht bei Ehemännern, sondern nur in einem selbst. Sie sog mit einem tiefen Atemzug die Wurstluft ein und verspürte heftigen Hunger.

Zur gleichen Zeit warf Dagmar dem alten Bettler, der in der Unterführung auf seinen Fersen hockte, einen 5-Euro-Schein in den bereitgestellten Hut.

„Vergelts Gott“, sagte der Mann und nickte wie eine Nickmaschine. Dagmar sah ihm direkt in die Augen, sie bildete sich auf ihre Menschenkenntnis etwas ein. Was sie sah, machte sie misstrauisch: Der Mann hatte einen klaren Blick. Also kein Alkoholiker. Zitterten seine Hände? Nein. Hatte er Läuse im schütteren Kopfhaar? Es sah nicht danach aus. Schade, kein geeigneter Gast. So, als habe er ihre Absichten erraten, stand er plötzlich auf und ergriff ihre Hand. „Vergelts Gott", sagte er noch einmal. Dagmar zog ihre Hand schnell zurück. Gleich würde er ihr seine Lebensgeschichte erzählen, sie hatte das schon mehr als einmal erlebt. Irgendetwas an ihrem freundlichen Blick forderte die Wohnsitzlosen dazu auf. Was man dann zu hören bekam, war immer das Gleiche: Eine Frau, die mit einem anderen verschwunden war, der Griff zur Flasche, die Miete, die nicht gezahlt werden konnte, weil der Job verloren ging, die Räumungsklage, das unerträgliche Leben im Obdachlosenheim, die Schnarcher, Säufer und Kleptomanen, die Entscheidung für die Straße. Das Glück der Freiheit, die Härte der Stadtverwaltungen, die spontane, aber brüchige Kumpanei der Kameraden, die Last der Krankheiten. Sie kannte das. Sie wollte es nicht noch einmal hören. Rasch wandte sie sich ab und ging weiter mit einem Gesichtsausdruck, der besagte, dass sie etwas ungeheuerlich Wichtiges zu erledigen hatte. Einen Besuch beim Notar oder einer Arztpraxis, um die notwendige Insulinspritze abzuholen, oder ein Date mit dem Gemeindepfarrer ...

Effi war enttäuscht, als Dagmar von dem Mann berichtete. 600 Gramm fein geschnittenen Ochsengaumen, herrlich glibberig und durchsichtig an den Rändern, wer sollte das alles essen? Paul Theroux hatte es gemocht, als Deutsch-Elsässer hatte er natürlich einen feinen Geschmack gehabt. Für einen Augenblick dachten beide dankbar an Paul. Das war jetzt vier Jahre her. Beide waren sie ein wenig vernarrt in seinen hübschen Akzent gewesen, jedenfalls danach.

Zuerst war ihnen Paul abscheulich vorgekommen. Effi hatte einen Brechreiz kaum unterdrücken können, als sie gesehen hatte, was er unter dem abgeschabten Wintermantel trug: Cordhosen, in deren Rippen starr der Dreck nistete, ein verfilzter Wollpullover, der nach nassem Hund stank, Unterwäsche, die den Namen nicht verdiente, Socken, die einen entsetzlichen Geruch ausströmten, und ein rötlicher Häkelschal, der mehr angetrocknetes Bier in den Maschen hatte als Luft. Es war ein eiskalter Dezembertag gewesen, der Himmel aber azurblau und die Stiftskirche hatte ausgesehen wie ein steinernes göttliches Wunder. „Carpe Diem!", hatte sie den beiden Frauen durch die schneidende Luft zugerufen, und „Almosen!", hatte Paul in der irdischen Nähe des Kopfsteinpflasters gestammelt. Und da hatte Dagmar sich zu dem Frierenden niedergebeugt, ihre Hand mit den lila lackierten Nägeln unter seinen schlotternden Ellbogen gesteckt und ihm sanft, aber nachdrücklich auf die Beine geholfen.

„Eine trockene Stube", hatte sie verführerisch gesagt, „ein freundliches Wort, sauberes Waschwasser, ein Platz am Kachelofen ...". Er hatte gezögert, „... und ein Glas Rotwein und eine dicke, fette Portion Ochsenmaulsalat."

„Statt einer Geldspende", hatte Effi ergänzt.

Paul Theroux hatte den mildtätigen Damen ungläubig in die Augen gesehen.

„Wach isch oder träum isch?", hatte er gemurmelt. „Ochsenmaulsalat?"

Später, als er in Effis dunkelgrünem Frotteemantel auf der Kachelofenbank saß, sie wurde im Schwarzwald die *Kunst* genannt, hatte er geradezu selig ausgesehen. Währenddessen würfelte Dagmar die rohen Kartoffeln und Effi stopfte Hosen, Wäsche und sogar den Wintermantel in die Waschmaschine, Intensivgang, stark verschmutzt. Effi stammte aus einem Freudenstädter Textilgeschäft, sie wusste, wann man das Schildchen *dry cleaning only* ernst zu nehmen hatte und wann nicht.

Sie aßen zusammen am Tisch, Paul Theroux im Bademantel, Effi in grauen Hosen und Rosépullover, Dagmar in ihrem taubenblauen Twinset, das so gut zu den Silberlöckchen aussah. Paul sprach dem Wein forsch zu, sie hatten später Mühe, ihn aus der Wohnung zu bekommen. Er nannte sie grausam, als sie ihn an seinem Winkel mit den Kartonlagen abluden. Aber dazu mussten sie stehen, das gehörte zur Taktik. Von da ab kamen sie täglich an seiner Winterschlafstätte vorbei – Zuckerbrot und Peitsche nannten sie die zweite Phase. Manchmal bekam er Geld, manchmal heißen Kaffee aus der Thermoskanne, manchmal nur ein freundliches Wort. Sie gratulierten einander, als sie zum ersten Mal bemerkten, dass seine Äuglein die Straßenecke fixierten, um die sie biegen mussten. Sie wurden erwartet, hieß das.

Dann mietete Dagmar die winzige Wohnung in der Schuhgasse. Sie lag in einem alten Fachwerkhaus, das die Stadt nach diversen Querelen abzureißen beabsichtigte; Dagmar hatte die Damen vom Sozial- und Bauamt dazu bewegen können, dem zuzustimmen, was man *Zwischennutzung* nannte: Ein günstiger Mietpreis für die paar Monate, in denen der arme alte Mann draußen zu erfrieren drohte.

„Wenn der schäbige Bettler aus dem Stadtbild verschwindet“, hatte Dagmar listig gesagt, „haben wir doch alle etwas davon. Die Stadt Herrenberg und ihre Bürger und Bürgerinnen. Und ich verbürge mich dafür, dass er auszieht, sobald die Abrissbirne kommt. Vor März wird das ja wohl nicht der Fall sein. Bedenken Sie, drei lumpige Monate und Sie tun noch dazu ein gutes Werk!“

Paul Theroux zog also ein; sie brachten ihm eine Kochplatte mit zwei Kochfeldern, eine billige Kaffeemaschine, eine ausrangierte Matratze, die Effi sowieso schon längst hatte entsorgen wollen. Einen Eisschrank brauchte er ja nicht, dazu war der Winter gut. Beide besuchten ihn gelegentlich; erst gemeinsam, später jede für sich. Effi bekam Vorrang – schließlich war es sie gewesen, die selbstlos ihren Bademantel, den sie anschließend in der Reinigung desinfizieren ließ, zur Verfügung gestellt hatte. Als er ihn angezogen hatte, frisch geduscht, damals, hatte sie nicht umhin können, seine Figur zu begutachten. Sie war, trotz seines Alters – er musste um die fünfzig sein – und Lebenswandels recht ansehnlich. Es war nicht etwa so, dass sie sich in ihn verliebt hätten, oh nein, aber sie gedachten, aus der Situation das Beste zu machen. Sie zahlten ja für ihn, Miete kalt und die beträchtlichen Nebenkosten, also war es nur recht und billig, dass er dafür auch eine Gegenleistung bot. Das Arrangement war zu aller Zufriedenheit, wenn man von ein paar kleineren Eifersüchteleien der Damen einmal absah. Es befriedete die Situation: Paul ahnte, weshalb sie ihn so zuverlässig betreuten, Dagmar und Effi wurden ruhig und zufrieden. Es hieß ja jetzt, so sagten sie sich, geduldig sein.

Im März musste er gehen; sie quartierten ihn in Effis düsterem Souterrain ein – er habe, sagte er, Herrenberg und seine beiden Wohltäterinnen liebgewonnen. Sie strahlten. Im Mai machten sie ihn betrunken und ließen ihn Papiere unterschreiben, die er, die Amtssprache nicht gewohnt, für einen Antrag ans Sozialamt hielt.

Danach mussten zwei lange Jahre vergehen, Jahre, die die drei in wechselnder Besetzung verbrachten, mal in Effis Parterre, mal in Dagmars Wohnung, sehr selten in Pauls. Dort war und blieb es muffig, voller Silberfischchen und verwahrlost; ein Obdach der billigsten Sorte.

Im Juni, als die Nächte heller wurden, gab es Stress: Paul lockte die Welt da draußen, die Freiheit, das *On-the-road*-Sein, wie die beiden Damen zu Recht vermuteten. Dagmar und Effi gaben sich alle Mühe, ihm die Schrecken des Winters wieder und wieder vor Augen zu führen. Er blieb, ruhelos und schlecht gelaunt.

Im zweiten Jahr blieb er nicht; er machte sich über Nacht auf die Socken. Zuerst waren sie verstört, suchten nach ihm hier und da, auf langen Fahrten in den Schwarzwald, ins Elsass, auf Wanderwegen im Schönbuch, in Sindelfingen und Böblingen und Stuttgart. Aber dann sagten sie sich, dass er wiederkommen werde, wenn es kalt würde, schließlich hatte er den lumpigen Schal dagelassen und die pelzgefütterten Stiefel, die sie dem Roten Kreuz abgeschwatzt hatten. Und tatsächlich – pünktlich Anfang Dezember – der November war ungebührlich warm gewesen – stand er vor der Tür, reumütig und um Vergebung bemüht. An diesem Abend köpften sie eine Flasche *Cremant D'Alsace* miteinander. Im nächsten Mai waren die zwei Jahre um; nun hieß es, Phase 3 des Plans umzusetzen. Man kann nicht sagen, dass es ihnen leichtfiel – sie hatten sich an den Mann gewöhnt.

Im Juni führten sie ihn nach Tübingen aus; sie setzten sich unbekümmert und ganz und gar nicht altersgerecht, mit ihm auf das Mäuerchen beim Hölderlinturm und leerten gemeinsam eine Flasche Klaren, Paul vier Fünftel, die Damen nippten nur.

„Du hast uns auf den Geschmack gebracht", sagten sie in gespieltem Vorwurf und gaben sich beschwipst. Sie bekamen Spaß am Kichern und Augenrollen wie die Teenager. Dagmar hatte Ochsenmaulsalat dabei, in einer Tupperdose. So angemacht, wie es ihre Spezialität war. Mit Gurkenstückchen, Kapern, viel Zwiebeln, Petersilie und warmen Kartoffeln. Sie waren längst kalt, als sie Paul damit foppten.

„Nimm", sagten sie, und hielten die Dose vor seine Nase. Paul grapschte danach, Dagmar zog sie wieder weg. „Hier", sagte sie und giggelte wie ein Schulmädchen, „da!" Er verfiel in ein rhythmisches Schaukeln, und als sie ausholte und die Dose in den Neckar warf, verlor er das Gleichgewicht und stürzte hinterdrein. Es war schon weit nach Mitternacht, und nicht mehr viele Personen waren unterwegs, dass er nicht schwimmen konnte, wussten sie. Die Dose war schon weit entfernt, als ein männlicher Passant sich endlich dazu aufgerafft hatte, hinterherzuspringen, weil die Damen so furchtbar um Hilfe riefen. Beide beobachteten ängstlich das Rettungsmanöver – würde es gelingen? Paul Theroux schlug in Panik um sich und der Retter hatte seine liebe Not mit ihm, aber es gelang ihm, den Ertrinkenden am Schlafittchen zu packen und an Land zu bringen. Dagmar hatte unterdessen die Rettung alarmiert, atemlos beobachteten sie die Wiederbelebungsversuche des Notarztes. Paul Theroux hatte viel Wasser in den Lungen; er starb zwar nicht, erlangte aber auch das Bewusstsein nicht wieder. In der Uniklinik auf der Intensivstation besuchten sie ihn täglich, diskutierten die Kurven des Monitors, streichelten seine Hände, sprachen mit ihm, warteten. Sein Herz sei nicht gut, sagte die Schwester und lobte die beiden Besucherinnen für ihre Treue zu dem bewusstlosen Mann. Er ist Dagmars Verlobter, flüsterte Effi, und zückte ihr Taschentuch. Wenn es die Schwester wunderte, dass eine Siebzigjährige einen fünfzigjährigen Verlobten hatte, verriet sie es nicht. Am zwölften Tag ihrer Krankenbesuche, waren die Monitore abgeschaltet und Paul schon in der Leichenkammer. Sein Herz hatte einfach aufgehört zu schlagen. Vielleicht ist es besser so, sagte die Schwester tröstend, er wäre ja doch nur mit irreparablen Schäden auf die Beine gekommen. Die Damen bekreuzigten sich daraufhin. Dagmar bereitete ihrem Paul ein schönes Begräbnis, in Herrenberg, in Sichtweite der Stiftskirche, die wie eine Glucke über allem thronte, wurde er zur letzten Ruhe gebettet. Am fünfzehnten Tag sprach Dagmar bei der Lebensversicherung vor, als Verlobte und Begünstigte. Nach etlichem Hin- und Her und Zweifeln bei dem Sachbearbeiter, dass alles mit rechten Dingen zugegangen war, – sie konnte diese aber aufgrund der zuverlässigen Zeugenaussage ihrer Freundin ausräumen – wurde der Versicherungsbetrag angewiesen.

Damals machten sie ihre erste Kreuzfahrt zusammen – von Miami über die Jungferninseln, nach Trinidad und Tobago. Wunderbar war das gewesen. Man hatte ja nicht geahnt, dass das Leben so farbig sein konnte! Das, was sich nun vor ihnen ausbreitete, war jeden Euro der Police wert gewesen und jeden Liebesdienst an ihrem armen Paul, so schwer er auch anfangs gefallen sein mochte.

Das Geld war schneller ausgegeben, als sie sich vorgestellt hatten. In Herrenberg verhielten sie sich unauffällig, sie ließen weder Effis Einfamilienhaus renovieren, was dringend notwendig gewesen wäre, noch kauften sie ein neues Auto für Effi, die einen uralten Daimler fuhr, oder teure Kleider in den Läden. Luxuriös gaben sie sich nur in ihren Urlauben, die sie den Nachbarn gegenüber als Besuche bei den diversen Kindern deklarierten. Niemand schöpfte Verdacht, alles blieb ruhig. Wenn die Reisen nur nicht so teuer gewesen wären!

Sie begannen wieder mit den Planungen. Phase 1 – das Auswählen des geeigneten Opfers. In Herrenberg gab es immer wieder männliche Obdachlose, allein, sie passten nicht. Entweder waren es Versprengte aus fremden Ländern, vom Balkan oder aus Russland, was Nationalitätenprobleme aufgeworfen hätte. Oder sie waren unattraktiv, unter ihr Niveau wollten sie nicht gehen, nach Paul Theroux hatten sie Ansprüche. Weder kamen Quartalssäufer infrage noch allzu Intelligente und schon gar nicht Kriminelle – das hatten sie vorab entschieden. Polizeibekannt durfte keiner sein. Und zu alt auch nicht, denn dann hätte keine Gesellschaft der Welt eine Police ausgestellt.

Nachdem sie die 600-g-Dosis allein hatten vertilgen müssen, entschieden sie sich dafür, ihr Experimentierfeld auszuweiten. Sie fuhren mit der S-Bahn nach Sindelfingen und eruierten dort die Lage. Aber auf den Sindelfinger Trottoirs, die ehedem, als die Stadt noch reich gewesen war, Bordsteine aus chinesischem Porphyr und Zebrastreifen aus weißen Carrara-Marmor zierten, trafen sie niemanden an – der Reinlichkeitssinn der örtlichen Pietisten ließ verarmte Eindringlinge offenbar nicht zu. In Böblingen sprachen sie einen an, der sich als Journalist im Selbstversuch entpuppte; peinlich. Fündig wurden sie schließlich im großen Stuttgart: Es begegneten ihnen Straßenmusiker, die mit unterschiedlichen Instrumenten mehr schlecht als recht Musik machten oder ein Pappschild vor sich ausgestellt hatten. *4 Kinder, keine Arbeit, nichts zu essen* stand darauf oder *Blind und taubstumm* oder *Aus der Bahn geworfen*. Letzteres gefiel ihnen am besten, das war genau das, was sie suchten. Schließlich trafen sie Fred, einen Dreiundvierzigjährigen, der wie sechzig aussah, mit Schlapphut und Parkinson und Jonas, einen Humpelnden, der ihnen sein Alter nicht sagen wollte. Diesmal würde Effi die Verlobte geben; man einigte sich, dass sie die letzte Wahl treffen würde. Bei Fred hob sie den Daumen. Auch er mochte Ochsenmaulsalat, das gab den letzten Ausschlag. Für Effi und Dagmar kam es einer Art Gottesurteil gleich.

Fred bekam eine kleine Wohnung im Sindelfinger Hinterweil, die schon länger leer gestanden hatte und vom verzweifelten Vermieter äußerst günstig abgegeben wurde. Anfangs besuchten sie Fred nur selten und immer wieder mussten sie ihn rügen, weil er doch im Freien geschlafen hatte, aber als der Winter kam, änderte sich die Sache. Aber unterschreiben mochte er nichts, immer wieder verwies er auf seine parkinsongeschüttelten Finger, die es ihm unmöglich machten, einen Tintenstift zu halten. Dagmar und Effi lockten ihn mit immer wieder anderen Dokumenten – eine Kontoeröffnung bei der Kreissparkasse, eine Einzugsberechtigung für die Müllabfuhr, eine VVS-Saisonkarte – Fred blieb standhaft. Er wolle nichts unterschreiben, basta. Sie waren verzweifelt. Jede Woche, die er sich weigerte, war eine Woche länger – das ganze Prozedere dauerte ja ohnehin seine Zeit und sie beide wurden auch nicht jünger. Schließlich griffen sie zum Äußersten: Sie fälschten seine Unterschrift auf der Police. Darauf komme es nun auch nicht mehr an, sagten sie sich, und überwiesen die Beiträge. Da Fred in den Jahren seines Straßenlebens noch nirgendwo etwas unterschrieben hatte, aus Prinzip, wie er beteuerte, war es auch egal. Der Namenszug war mit keiner Vorlage zu vergleichen. Und dass er selbst unterschrieben hatte, seines Verstandes mächtig und aus freiem Willen, konnten beide ja bezeugen.

Nach einiger Zeit begann Effi, Fred nur noch allein aufzusuchen. Wo bleibt deine Freundin, fragte Fred, der von Natur aus mit einem gewissen Misstrauen ausgestattet zu sein schien. Beim Friseur, bei der Massage, im Englischkurs, war die Antwort. Ob er sie denn nicht möge? Doch, doch, beeilte sich Fred zu sagen, der auf Effis wöchentliche Lebensmittelgaben und die kleinen Fläschchen Chantré angewiesen war. Na also, sagte Effi und klapperte mit den Augendeckeln. Das war das, was sie unter Flirten verstand. Es war ihr wichtig, dass sie zusammen mit ihrem inzwischen ordentlich ausstaffierten Partner auch draußen auf der Straße zu sehen war, man konnte nie wissen, wen die Versicherung in zwei Jahren aushorchen würde. Irgendwann gab dann Fred seine Zurückhaltung auf. Sie wurden ein Paar. Jedenfalls sporadisch, dann, wenn Effi disponiert war, dann, wenn Fred disponiert war. Dagmar verfolgte die Entwicklung gespannt, sie kochte sofort einen Tee, wenn Elfriede von ihren Treffen zurückkam, den Daimler vor dem Haus parkte und berichtete. Nicht alles, argwöhnte Dagmar, es gab schließlich Grenzen des Anstands.

Die zwei Jahre zogen sich dahin, Fred wurde teuer. Er bekam eiternde Weisheitszähne, die gezogen werden mussten, teure

Parkinson-Medikamente und kam unter ihrem kultivierten Einfluss auf den Geschmack von Whisky. Effi begleitete ihn mehrfach zum Zahnarzt, erst um ihm beizustehen, dann, weil der Zahnarzt auch ihre Zähne überkronen sollte. Auf den Kreuzfahrten traf man meistens Amerikaner – wie wichtig für die ein makelloses Gebiss war, wusste jeder. Sie beobachtete jedes Mal, wie der Doktor beim Hereinkommen den Autoschlüssel für seinen neuen kobaltblauen Lexus in ein bereitstehendes Körbchen warf. Bei ihrem letzten Kontrollbesuch nahm sie ihn in einem unbeobachteten Moment an sich. Man konnte nie wissen, wofür man ihn einmal brauchen konnte. Dagmar sah das genauso.

Als die Zweijahresfrist um war, lag der fremde Autoschlüssel immer noch auf der Kommode im Flur. Jetzt würde er zum Einsatz kommen: Sie entschieden auf Autounfall und Fahrerflucht. Effi würde am Steuer sitzen, Dagmar würde die Zeugin sein. Es war nur gut, wenn Effi nicht aktenkundig würde – wenn sie später als Verlobte fungieren wollte, sei es besser, sie habe mit dem Unfall nicht das Geringste zu tun, sagte die kluge Dagmar. Sie hatten die Landstraße bei Mauren ausgewählt und nach Mitternacht als Tatzeit. Effi war eine rasante Autofahrerin, war es immer gewesen, sie konnte sich vorstellen, dass sie es schaffen würde, obwohl sie in den Nächten zuvor von Albträumen geplagt wurde. Immer wieder drang ein dumpfes doppeltes Plopp durch ihren leisen Schlaf, das Ploppen, das den Aufprall eines menschlichen Körpers auf der Kühlerhaube auslösen musste. Aber da müsse sie durch, sagte Dagmar. Sie selbst müsse schließlich auch auf einen liebgewordenen Gefährten verzichten, Effi solle ja nicht glauben, dass nur sie den Streuner ins Herz geschlossen habe; sie seien und blieben nun mal ein Trio.

„Ein *Trio Infernal*", sagte Effi düster, die gerne ins Kino ging und immer wieder Anspielungen auf Filme machte, die längst keiner mehr kannte. Sie kamen überein, dass Dagmar bei dem Getöteten ausharren würde, bis die Polizei käme, während Elfriede in der Zwischenzeit den Lexus dem ahnungslosen Zahnarzt wieder vor die Tür stellen würde.

„Kommst du mit dem unbekannten Auto auch zurecht?", fragte Dagmar angstvoll. Elfriede überlegte. Sie genehmigte sich schließlich eine Probefahrt in einem Autohaus, um sicher zu sein. So ein Lexus fuhr sich weich und behäbig, man saß darin wie in einem Schiff. Reich zu sein, war einfach wunderbar.

Alles verlief nach Plan. Effi holte sich den Lexus, der vor dem Haus des Zahnarztes parkte. Dagmar lud Fred in den Grünen Baum in Mauren zu einem Umtrunk im Freien ein, er fremdelte ein wenig, weil er schon so lange nicht mehr mit ihr allein zusammen gewesen war, aber mehrere Gläser Most lösten seine Hemmungen. Er stammte ursprünglich aus Nordrhein-Westfalen und war mit dem Lieblingsgetränk der Schwaben nicht vertraut. Er fand es eigenartig und rügte auch den Ochsenmaulsalat des Grünen Baums, den Dagmar ihm quasi als Henkersmahlzeit bestellt hatte. Ihrer sei besser, sagte er und griff nach ihrer Hand, was er vorher noch nie gewagt hatte. Sie betrachtete ihn mit einer gewissen Wehmut. Die bevorstehende Trennung – oder war es der Most? – machte sie melancholisch.

Mauren war wunderschön: das Grün der Bäume, der leichte Wind, die malerische Dorfkirche, ein paar herumstolzierende Hühner des Hofguts, die alte Scheunenmauer des Schlosses, das der vermaledeite Krieg hinweggerafft hatte. Eine Oase des Friedens inmitten einer turbulenten Welt. Ach, wenn man hätte anständig bleiben dürfen ... aber die Verhältnisse, die Verhältnisse, die waren eben nicht so. Sie kannte ihren Brecht, Dagmar hörte morgens immer Literaturlesungen im Radio.

Elfriede werde sie beide abholen, sagte Dagmar. Gegen Mitternacht, aber man wolle ihr ein paar Schritte entgegengehen, ein wenig Bewegung in der Luft tue ihren beiden Schädeln gut. Bei dem Wort Schädel wurde sie nervös, sie dachte sofort an Freds Totenschädel und an den von Paul, der jetzt vermutlich schon säuberlich weiß herauspräpariert worden war, von den Ameisen und Maden im Erdreich. Die klassische Methode der Erdbestattung war doch gar zu grässlich. Sie fröstelte, als sie mit Fred zusammen die Landstraße beschritt, allein mit dem todgeweihten Mann in der dunklen Nacht. Als Autoscheinwerfer ihr entgegenkamen, kroch ihr trotz der Kühle Schweiß in den Nacken. Gottlob, das war noch nicht Effi gewesen, sie hatten ein zweimaliges kurzes Aufblenden verabredet, damit sie wusste, wann sie Fred, der tatsächlich jetzt ein wenig unsicher auf den Beinen war, einen Schubs geben musste. Hatte Effi auch getestet, wie die Lichthupe funktionierte? Kam sie mit der Automatic-Schaltung zurecht? ... Ob alles gut gehen würde? Plötzlich kamen ihr Zweifel. Was, wenn Effi sich nicht an die Abmachungen hielt? Sie war so unvorsichtig und manchmal so spontan. Man war auf Gedeih und Verderb aufeinander angewiesen, wie oft hatte man das gesagt und dabei vorsichtshalber auf Holz geklopft.

Dagmar sah den Autoscheinwerfer schon lange im Voraus. Er glitt über die sommerlichen Wiesen, verschwand hinter einem Buckel und kroch wieder hervor. Scharf, wie ein außerirdisches bläuliches Licht, ein Lexus aus Japan. Dagmar dachte an die Herrenberger Stiftskirche; sie liebte sie: den burgähnlichen Sandsteinsockel, das geriefte Langhaus, den zweigeteilten weiß verputzten Glockenturmsockel, die Zwiebelhaube. Diese unvergleichliche Lage am Hang – alles im Blick, alles im Griff. Sie straffte sich. Jetzt kam es darauf an, keinen Fehler zu machen. Nicht zu bald und nicht zu spät zuzustoßen. Die beiden Xenon-Scheinwerferaugen waren jetzt deutlich zu unterscheiden am Ende der Straße – der Wagen fuhr langsam, Effi ließ sich Zeit, das Augenpaar schwankte, wenn es über Bodenwellen ging. Dagmar betrachtete die grellen Lichtquellen wie ein hypnotisiertes Kaninchen. Sie schienen sich in ihre Pupille hineinzufressen, schienen ihren Verstand zu erobern, unaufhaltsam wurden sie größer und größer. Warum blendete Effi nicht ab? Das musste doch Effi sein? Und wenn nicht, jeder andere Autofahrer war ebenso gut, dachte sie plötzlich, wenn vielleicht nicht sogar besser. Sie spannte ihre Muskeln an. Die Scheinwerfer waren jetzt ganz nah, sie erkannte eine einzelne Person am Steuer. Effiiiiieeee…?

Der schwere Wagen schleuderte ein wenig, als sein linker Kotflügel das Paar traf. Ein spitzer Frauenschrei erhob sich in die Nacht wie der Ruf eines Käuzchens. Der Plopp. Effi brachte das Auto mit quietschenden Reifen zum Stehen. Sie richtete ihre Frisur im Spiegel, bevor sie ausstieg – nicht, weil sie eitel war, sondern weil sie ihr zuckendes Herz beruhigen musste. Langsam schritt sie die zwanzig Meter bis zur Unfallstelle entlang. Da lagen die beiden und rührten sich nicht. Äußerliche Wunden trugen sie nicht, soviel sie erkennen konnte. Sie ging in die Knie und tat ihrer Freundin einen letzten Liebesdienst. Sie schloss ihr die Lider über den xenongeblendeten Augen.

„Danke, Liebes", sagte sie leise, „denk dir, wie lange das Geld diesmal reichen wird. Und, das verspreche ich dir, ich lasse dich verbrennen, wie wir es uns oft gewünscht haben, und streue deine Asche über dem Golf von Mexiko aus, denk nur, der Golf von Mexiko!"

Fred würdigte sie keines Blickes. Seine ruppige Leidenschaft war ihr immer unangenehm gewesen, auch wenn sie das Dagmar nicht erzählt hatte. Dann ging sie zum Auto zurück. Trotz der Nacht konnte sie die Beulen am Kotflügel erkennen. Aber ihr Zahnarzt würde hoffentlich mit dem Unfall nicht in Zusammenhang gebracht werden und wenn ja, dann hatte der doch ein Alibi. Zahnärzte hatten immer Glück, davon war sie überzeugt. Jetzt lagen noch zwei Phasen vor ihr, eine einfache – den Wagen heimlich zurückzubringen – und eine amtliche, die Auszahlungsmodalitäten. Sie durfte sie nicht durch Sentimentalitäten vermasseln.

Während der Heimfahrt, die vor ihr lag, dachte sie dennoch an die lange Freundschaft, die die beiden Frauen verbunden hatte. Geteiltes Schicksal, geteilte Pläne, gemeinsame Freunde. Der Motor schnurrte. Etwas von der Wehmut, die ihre Freundin vor kurzem ergriffen hatte, ergriff nun auch sie. Effi wischte sich ein Tränchen aus den Augenwinkeln: Nun stand sie ganz allein auf der Welt. Erfolgreich kriminell zu sein, machte eigentlich nur zu zweit Spaß. Sie beschloss, von nun an sauber zu bleiben. Wie die arme alte Dagmar dachte Effi an die Stiftskirche, die Mutter aller Dinge. Vor ihr wuchs plötzlich ein riesiges Monster aus dem Asphalt – war es die alte Glucke? Kam sie sie holen, Mörderin, die sie war? Nein, es war einer von diesen urtümlichen Mähdreschern, die nachts die Straßen kreuzen, um tagsüber niemanden zu blockieren. Hektisch suchte Effi auszuweichen, riss am Steuer, betätigte die Lichthupe, suchte die Kupplung, trat statt auf die Bremse aufs Gas, schoss dem Ungetüm knirschend in die Arme. In dem Augenblick, in dem die Glocken der Herrenberger Stiftskirche die Geisterstunde beendeten, war alles aus und vorbei.

BRITT REISSMANN

Die Geister, die er rief

Freddy stand auf dem Berger Steg und genoss den Blick über Stuttgart. Unter ihm floss der Neckar ruhig dahin, bevor er sich in die Turbinen des Kraftwerkes stürzte. Daneben öffnete sich ein Schleusentor für die Durchfahrt eines Ausflugschiffes der „Weißen Flotte." Doch was seine Augen zum Leuchten brachte, war weder das hellgrüne Wasser des Neckars noch die weißen Dampfer oder der blaue Himmel, der sich über der Stadt wölbte, sondern das bunte Treiben auf dem Cannstatter Wasen, wo heute das Stuttgarter Frühlingsfest begann.

An diesem ersten halbwegs warmen Apriltag war der Wasen trotz gestiegener Preise mehr als gut besucht. Die Schausteller rieben sich die Hände in Erwartung eines Rekordumsatzes.

Für Freddy war das Frühlingsfest bei jedem Wetter ein absolutes Muss. Obwohl er als Langzeitarbeitsloser nicht gerade üppig bei Kasse war, legte er schon jeden Monat einen kleinen Teil seines mageren Hartz-IV-Einkommens beiseite, um auf dem Wasen richtig die Sau rauszulassen. Wenn er Glück hatte, traf er am Imbissstand einen Kumpel in Geberlaune, der ihm einen Kurzen spendierte. War das nicht der Fall, hatte er sich angewöhnt, gegen Abend, wenn es kühler wurde, ein wenig zu randalieren. Dann kamen seine grün gekleideten Freunde und Helfer und luden ihn auf eine harmlose Vernehmung in die gemütliche Wasen-Wache ein, wo er meist noch einen kostenlosen Kaffee bekam. Kurz gesagt – er war ein Lebenskünstler, der wusste, wie man sich mit wenig Geld gut durchschlug.

Der Duft von gebrannten Mandeln und klebriger Zuckerwatte, gemischt mit dem Sound durcheinanderplärrender Schlagermelodien, nur vom Geschrei des Losverkäufers übertönt, jagten Freddy wohlige Schauer über den Rücken. Die unvergleichliche Aussicht vom höchsten Punkt des legendären Riesenrades, von dem aus man das gesamte Neckartal überblicken konnte, leistete er sich nur selten. Nicht nur, weil diese Attraktion recht teuer war, er fürchtete auch, es würde für ihn an Besonderheit verlieren, wenn er sich die Fahrt zu oft gönnte.

An klaren Tagen reichte das Auge über ganz Stuttgart auf der einen und bis zur Schwäbischen Alb auf der anderen Seite.

Im Gegensatz dazu reizten ihn diese neumodischen Fahrgeschäfte, bei denen einem schon beim bloßen Zusehen der Mageninhalt in Bewegung geriet, überhaupt nicht. Freddy sah keinen vernünftigen Grund, warum er für einen unverschämten Preis sein mühsam zusammengespartes Bierchen quasi im Rückwärtsgang wieder hergeben sollte. Da hielt er sich schon lieber an die guten alten Karussells, bei denen einem nicht Hören und Sehen vergingen. Der Autoskooter zum Beispiel. Oder das Kettenkarussell. Immer vorausgesetzt, er traf jemanden, der ihn einlud.

Besonders aber faszinierte ihn seit seiner Kindheit die Geisterbahn. Die schönste Erinnerung an seine Jugend war, als er mit seinen Kumpels das komplette Taschengeld in Fahrscheine für die Geisterbahn umgesetzt hatte. Runde um Runde ließen sie sich durch die grausige Höhle chauffieren, und mit angenehm schaurigem Kribbeln im Bauch fühlten sie sich wie tapfere Helden im Kampf gegen Geister und Monster. Die „Ghostbusters" nannten sie sich stolz, und einige Mitschüler bewunderten sie sogar.

Die Geisterbahn seiner Kindheit gab es nicht mehr, was Freddys Vorliebe für diese Attraktion aber keinen Abbruch tat. Sie war durch Siegles „Gruselschloss" ersetzt worden, das nun im April und Oktober seine quietschenden Tore für unerschrockene Geisterjäger öffnete. Freddy kannte inzwischen den alten Siegle und seinen Sohn, dies versicherte er ihnen immer wieder, so gut wie seine eigene Familie. Diesem Umstand war es wohl auch zu verdanken, dass er schon eine Menge Freifahrten spendiert bekommen hatte. Völlig zu Recht, wie er meinte. Schließlich war er ihr bester Kunde.

Nun war Freddy schon eine halbe Stunde auf dem Wasen unterwegs, immer in der Hoffnung, auf ein bekanntes Gesicht zu stoßen. Aber Fehlanzeige, wahrscheinlich schliefen die alle noch ihren Rausch von gestern aus. Allmählich bekam er Hunger. Es sah ganz so aus, als müsse er für sein Mittagessen heute selbst aufkommen.

Er warf einen Blick auf das beschlagene Zifferblatt seiner Armbanduhr. Schon gleich ein Uhr. Zum Glück lockte dort vorn schon eine seiner Lieblings-Imbissbuden. Den Betreiber Rudi Schulze kannte er fast genauso lange wie Siegles; sie hatten ihre Geschäfte seit Jahren immer an der gleichen Stelle aufgebaut und lagen sich gegenüber. Ob der Rudi wohl heute einen kleinen Happen für ihn übrig hatte?

Der Imbissstand war gut besucht, wie immer um die Mittagszeit. Die Mädels hinter dem Tresen, die wie aufgescheuchte Hühner durcheinandersprangen, hatten alle Hände voll zu tun. Rudi war nirgends zu sehen. Aber in einer hübschen Bedienung, mit dem tief ausgeschnittenen Dirndl, glaubte er Rudis Freundin Doris wiederzuerkennen. Freddy erinnerte sich an das haselnussgroße Muttermal an ihrem Hals und auch an die üppigen Brüste, die es trotz der kühlen Frühlingsluft anscheinend nicht erwarten konnten, ins Freie zu gelangen.

„Nanu Freddy, heute gar nicht in der Geisterbahn?"

Tatsächlich, das Mädle kennt sogar meinen Namen und meine Leidenschaft, dachte Freddy.

„Die macht doch gleich Mittagspause, da lohnt es nicht mehr sich anzustellen. Hab mir gedacht, ich esse erst mal was, bevor ich mich eine Runde grusele." Freddy wusste sehr wohl, dass die Leute ihn und seine Vorliebe für das altmodische Gruselkabinett belächelten. Aber da stand er drüber. Er war nicht sehr gebildet, doch Nietzsches berühmter Spruch von dem Kind im Manne war ihm geläufig und inzwischen zu seinem persönlichen Leitsatz geworden.

„Ach, erzähl mir doch nicht, dass du dich nach zwanzig Jahren Geisterbahn noch gruselst! Um dich aus der Fassung zu bringen, braucht es doch sicher mehr als diese lächerlichen Monster aus Pappmaché." Die Stimme von Doris riss ihn aus seinen Gedanken.

„Ja, der Siegle könnte sich wirklich mal was Neues einfallen lassen", schmunzelte Freddy. „Etwas, was mir so richtig das Blut gefrieren lässt. Aber das muss er erst mal finden!"

„Das glaube ich auch" entgegnete das Mädchen. „Was darf ich dir anbieten, willst du ein Göckele?"

„Nee, zu teuer. Eure Wucherpreise kann ich mir nicht leisten. Gib mir 'ne Schüssel Gaisburger Marsch, dafür reicht die Kohle grade noch."

„Einen Gaisburger Marsch", rief sie über die Schulter und wandte sich dann augenzwinkernd an Freddy: „Hast du dir das auch gut überlegt? Wer weiß, was da alles drin ist!"

„Halts Maul, Doris, und schalt mal dein Hirn ein, bevor du schwätzt!" Unbemerkt war Rudi Schulze, der Inhaber des Standes, neben ihr aufgetaucht. „Deine Witze sind geschäftsschädigend! Irgendwann glaubt das noch einer und schickt uns das Gesundheitsamt auf den Hals!" Er quetschte sich etwas zu dicht an dem Mädchen vorbei und nutzte die Gelegenheit, ihr in den gut gepolsterten Hintern zu kneifen.

„Pfoten weg!", fauchte Doris und reichte einer grell geschminkten fettleibigen Endsechzigerin, die aussah, als hätte sie den Großteil ihres Arbeitslebens in einem zwielichtigen Etablissement im Bohnenviertel verbracht, eine Portion Pommes rotweiß über den Tresen.

„Quatsch keine Opern! Geh lieber mal zu den Sieglès rüber und bring ihnen ihr Mittagessen!" Rudi schob Doris einen Teller mit zwei halben Hähnchen und einer gewaltigen Tüte Pommes zu. „Und bleib nicht ewig weg, du wirst hier fürs Schaffen bezahlt, nicht fürs Schwätzen!"

Doris biss sich auf die Lippen, sagte aber nichts. Sie schenkte Rudi nur einen geringschätzigen Blick, griff sich Teller und Pommes-Tüte und stöckelte in Richtung Geisterbahn.

Na, mit dieser Liebschaft steht es wohl auch nicht mehr so zum besten, dachte Freddy und beglückwünschte sich einmal mehr zu seinem Junggesellenstand.

Freddy hatte kaum zwei Löffel seines Eintopfes gegessen, als sich neben ihm zwei Männer, deren fahle Hautfarbe und ausladende Tätowierungen darauf schließen ließen, dass sie bis vor kurzem noch gesiebte Luft geatmet hatten, wegen eines Bieres in die Haare gerieten. Gerade wollte er elegant den Rückzug antreten, um den Streithähnen nicht im Weg zu stehen, als einer der beiden rückwärtstaumelte und ihm die Suppenschüssel aus der Hand schlug.

Heute ist ganz entschieden nicht mein Tag, stellte Freddy fest und starrte resigniert seinem Essen nach, das sich zu den am Boden liegenden unzähligen Losbuden-Nieten und Zuckerwattestäbchen gesellt hatte. Zum Trost beschloss er, sich endlich eine Geisterbahnfahrt zu gönnen. Die Mittagspause des Fahrgeschäftes war vorüber und die Schlange an der Kasse hatte wieder eine beeindruckende Länge erreicht. Aber Tickets kaufen brauchte er schon lange nicht mehr. Schließlich bekam er seit letztem Jahr Mengenrabatt. Er drückte dem alten Siegle, der ihm die Wagentür aufhielt, einen Euro in die Hand, und los ging's.

Freddy kannte seine Strecke bereits auswendig. Zuerst kamen die Totenköpfe, die mit ihren Glühbirnen-Augen zwei handbreit vor dem Gesicht aufleuchteten. Die brachten ihn schon längst nicht mehr aus der Ruhe. Anschließend die kalten Finger, die einem über das Gesicht wischten, und die Gespenster aus vergilbten Mullwindeln, die auch allmählich mal gewaschen werden konnten. Jetzt musste gleich der blutige Vampir auftauchen – genau, da war er schon. Hinter der nächsten Kurve lauerte die Mumie und unmittelbar danach kam die Gehenkte.

Kurz hinter der grünäugigen Hexe, die einem ihre chamäleonartige Leuchtzunge entgegenstreckte, vernahm er ein Knacken im Gebälk über sich und gleich darauf klatschte plötzlich etwas neben ihm auf den Wagensitz. Etwas ziemlich Schweres. Das war neu. Freddy bekam tatsächlich den Anflug einer Gänsehaut. Es war stockdunkel und er konnte beim besten Willen nicht erkennen, was ihm da auf den Beifahrersitz geplumpst war. Aus unerklärlichen Gründen musste hier die Beleuchtung ausgefallen sein. Elende Schlamperei! Eine Geisterbahn, in der man die Geister gar nicht sehen konnte, erfüllte ja nun nicht gerade ihren Zweck. Angewidert wartete er, dass dieses rätselhafte Ding neben ihm wieder hochgezogen wurde, doch er wartete vergebens. Die geheimnisvolle Fracht begleitete ihn bis zum Ende der Fahrt.

Als sein Wagen gegen die Flügeltür knallte, die ihn wieder nach draußen beförderte, war Freddy zunächst vom grellen Sonnenlicht geblendet. So bemerkte er auch nicht, dass das entsetzte Kreischen der Leute, die vor der Geisterbahn warteten, offenbar ihm galt. Oder besser gesagt, seiner ungewöhnlichen Beifahrerin.

Das Hanfseil um ihren Hals war so morsch, dass man sich wundern musste, wie es überhaupt so lange halten konnte. Freddys Gedanken traten auf der Stelle. Er weigerte sich beharrlich, zur Kenntnis zu nehmen, was er sah. Mit einem halben Auge schielte er auf die Gestalt, um die sich nun zahllose Schaulustige drängten. Nein, das war auf keinen Fall die zerfledderte Lumpenpuppe mit den rotbemalten Augen, die er von seinen zahllosen Fahrten kannte. Es war der reglose Körper einer jungen Frau.

Obwohl sie ziemlich blass war, sah sie für eine Geisterbahnfigur gar nicht mal so schlecht aus. Das änderte aber nichts an der Tatsache, dass sie mausetot war.

Freddy jagte ein kalter Schauer über den Rücken. Er erkannte das freizügige Dekolletee mit den dreisten Brüsten, das Muttermal an dem makellos weißen Hals, an dem jetzt deutliche Würgemale zu sehen waren. Es war Doris, die Bedienung vom Imbissstand.

„Jetzt trink erst mal was Warmes.“ Obermeister Wiechert von der Wasenwache, dem Freddy während der letzten Jahre gewissermaßen ans Herz gewachsen war, drückte ihm einen dampfenden Becher in die Hand. Ein junger uniformierter Beamter, der Freddy ebenfalls sehr vertraut war, erschien in der Tür der Wache.

„Na Freddy, mit Sachbeschädigungen gibst du dich wohl schon gar nicht mehr zufrieden? Wir sind wirklich neugierig, wie du diese Tramperin aufgegabelt hast!“

Freddy war gar nicht zum Lachen zumute. Es fiel ihm schwer, seine Tasse stillzuhalten. Der heiße Kaffee schwappte über den Rand und verbrannte ihm die zitterigen Finger.

Wiechert reichte ihm eine Serviette. „Du machst heute hier nur einen Zwischenstopp. Dieser Fall ist eine Nummer zu groß für uns. Wir eskortieren dich aber gerne zur Mordkommission am Pragsattel.“

Das Dienstgebäude des Polizeipräsidiums stand im herben Gegensatz zum fröhlichen Treiben auf dem Cannstatter Wasen. Auch der streng dreinblickende Kommissar, der ihm nun im Vernehmungszimmer gegenübersaß, schien alles andere als in Jahrmarktlaune zu sein.

„Wir müssen alle Personen im Umfeld des Opfers überprüfen“, erklärte er. „Und natürlich alle, die kurz vor Todeseintritt Kontakt mit ihm hatten. Sie gehören leider dazu. Zu allem Überfluss hatten Sie nicht nur unmittelbar vor ihrem Tod mit dem Mädchen zu tun, Sie waren auch noch der Erste, der unmittelbar danach mit ihm in Berührung kam.“

‚In Berührung kam‘ war der richtige Ausdruck. Freddy jagte der Gedanke, mit einer Leiche in der Geisterbahn gefahren zu sein, eine eisige Gänsehaut über den Rücken.

„Falls es Sie beruhigt, Sie sind ja nicht der Einzige, der überprüft wird. Auch die Betreiber der Geisterbahn, die Herren Siegle und der Inhaber vom Imbisstand Herr Schulze, der mit dem Opfer bis vor kurzem eine Beziehung unterhielt, werden gerade von meinen Kollegen vernommen.“

„Herr Kommissar, ich habe wirklich nichts mit dem Tod des Mädchens zu tun!“, stammelte Freddy. „Ich habe doch nur ein bisschen Gaisburger Marsch bei ihr gegessen. Und selbst den hat mir so ein Suffki aus der Hand geschlagen. Genau genommen habe ich schon wieder Hunger.“

„Ich beschuldige Sie ja gar nicht.“ Der bärbeißige Kommissar brachte jetzt tatsächlich so etwas wie ein Lächeln zustande.

„Mit dem Rudi hat Doris sich kurz vor ihrem Tod auch noch gekabbelt“, wagte Freddy einen Vorstoß in die andere Richtung. „Und der steht ziemlich dicke mit dem jungen Siegle, soweit ich weiß.“

„Schulzes Alibi wird auch überprüft. Wir haben bisher noch niemanden, der bezeugen kann, dass er sich die ganze Mittagspause über am Imbiss aufgehalten hat. Bisher ist keiner sicher, ob er nicht doch mal ein paar Minuten weg war. Aber selbst wenn, dann hat er vielleicht nur seinen Hund gefüttert.“

„Hund?“ Freddy glaubte, nicht richtig verstanden zu haben. „Welchen Hund?“

„Im Müll vor Rudi Schulzes Wohnwagen haben wir fast zwanzig Dosen Hundefutter gefunden. Dazu muss es doch auch einen Hund geben, oder?“

„Kann ich mir nicht vorstellen.“ Freddy schüttelte entschieden den Kopf. „Ich kenne Rudi nun seit fünf Jahren. Wenn es da einen Hund gäbe, wüsste ich das!“ Unverschämterweise begann jetzt sein Magen lautstark zu knurren.

Der Herr Kommissar konnte ein Schmunzeln nicht unterdrücken.

„Wissen Sie was, ich habe auch Hunger. Machen wir eine kleine Pause und gehen in die Kantine, bevor sie dichtmacht. Ich gebe Ihnen gern etwas Warmes aus."

„Es ist nur noch Eintopf da", bedauerte die Frau hinter der Essensausgabe, die gerade im Begriff war, Feierabend zu machen. „Wenn Sie damit zufrieden sind?"

Freddy war alles recht. Die Aussicht auf ein Gratisessen auf Staatskosten hob seine Stimmung ein wenig.

Der Kommissar zahlte und trug das Tablett mit den dampfenden Tellern an einen kleinen Zweiertisch.

„Gaisburger Marsch", erklärte er beiläufig. „Für die Zutaten übernehme ich keine Garantie. Da wirft man normalerweise alles rein. Aber wenigstens ist er heiß."

Freddy stutzte. So etwas Ähnliches hatte er doch vor kurzem erst gehört – aber wann und wo? Er starrte in seinen Suppenteller, in dem neben Karotten, Kartoffeln und Fleischstückchen auch Spätzle schwammen. Jetzt wusste er es wieder.

Wie in einer Endlosschleife hörte er die letzten Worte der smarten Doris: „Hast du dir das auch gut überlegt, Freddy? Wer weiß, was da alles drin ist!"

Ihm wurde plötzlich übel.

„Geht es Ihnen nicht gut?" Die besorgte Stimme seines Gegenübers nahm Freddy nur noch wie aus weiter Ferne wahr.

„Das Hundefutter", stammelte er. „Ich glaube, ich habe eine Idee, was es damit auf sich hat!"

Freddy hockte auf einem Besucherstuhl im Flur des Polizeigebäudes und wartete auf den Fahrdienst, der ihn zur Vesperkirche der Caritas bringen sollte, wo er hoffte, noch eine warme Mahlzeit zu bekommen. Vom Eintopf auf Staatskosten hatte er keinen Löffel hinunterbekommen. Er war inzwischen so hungrig, dass ihm jedes Essen recht war – außer Gaisburger Marsch. Allerdings hoffte er, dass der Fahrdienst sich alle Zeit der Welt nehmen oder zur Not auch einen Platten haben würde, denn sein Interesse an den Vernehmungen, die in den beiden Zimmern hinter seinem Rücken liefen, war weit größer als sein Wunsch, hier rauszukommen. Er spitzte die Ohren, damit ihm auch ja kein Wort entging.

„Also haben Sie das Hundefutter für Ihren Eintopf verwendet?! Und die Doris wusste natürlich davon, oder?" Die Stimme des Kommissars war kräftig und ohne Schwierigkeiten bis auf den Flur des Polizeigebäudes zu hören. Nur schade, dass die Antworten so leise kamen.

Freddy hätte sich am liebsten mit beiden Ohren an der Tür des Vernehmungszimmers festgesaugt, wenn das anatomisch möglich gewesen wäre. Natürlich durfte er dem Verhör Rudi Schulzes nicht beiwohnen, konnte aber seine Neugier nicht bezähmen.

„Hat sie gedroht, die Sache auffliegen zu lassen? Oder hat sie Sie erpresst?! Vielleicht hatte sie vor, Ihren kleinen Nebenverdienst dem Gesundheitsamt zu melden? Da mussten Sie das Mädchen natürlich aus dem Weg schaffen lassen, nicht wahr? Wie viel haben Sie ihrem Kumpel Siegle denn dafür gezahlt?"

Freddy stockte der Atem. Sollte der junge Siegle wirklich ...? Er schlich ein paar Schritte weiter zur nächsten Tür mit dem Schild: „Vernehmung – bitte nicht stören!" und spitzte die Ohren.

„Wo versteckt man eine Leiche besser als dort, wo sie am wenigsten auffällt?", donnerte eine Stimme durch die dünnen Wände. „Die junge Frau hätte gut und gerne den Rest des Tages dort hängen können, ohne dass jemand etwas bemerkt hätte. Herr Siegle, Sie waren ja so schlau, die Beleuchtung in diesem Bereich zu sabotieren. Und es wäre ein Leichtes gewesen, die Leiche nachts nach Schließung der Geisterbahn im nahe gelegenen Neckar zu entsorgen ..."

Freddy gefror das Blut in den Adern. Vom Standort der Geisterbahn bis zum Neckarufer waren es tatsächlich nur wenige Schritte.

„Sie hatten den perfekten Mord geplant, nicht wahr? Das Pech war nur, dass das Seil morsch war und die Leiche ein paar Stunden zu früh in Erscheinung trat."

Freddy schlich leise zu seinem Besucherstuhl zurück. Er hatte genug gehört. Wie es aussah, würde das diesjährige Volksfest vermutlich ohne Rudis Imbissstand über die Runden gehen. Und vielleicht auch ohne Siegles Gruselschloss. Aber das Geisterbahnfahren war Freddy nach diesem Erlebnis ohnehin für alle Zeit vergällt. Er war inzwischen auch wirklich alt genug, mit diesem Unsinn aufzuhören. Trotzdem, ein bisschen leid tat es ihm schon.

Wenige Minuten später öffneten sich nahezu zeitgleich die Türen der Vernehmungszimmer und die beiden Tatverdächtigen wurden herausgeführt. Die Handschellen, die sie trugen, legten nahe, dass sie wohl ein Geständnis abgelegt hatten. Ein Polizeibeamter wies ihnen jeweils einen Holzstuhl, links und rechts von Freddy, zu.

„Sie werden gleich von den Kollegen zum Erkennungsdienst abgeholt", blaffte er, während er Rudi Schulze und Siegle junior mit den Handschellen an der langen, waagerechten Metallstange festmachte, die in Brusthöhe an der Wand angebracht war und ein wenig an einen Ballettsaal erinnerte. „Warten Sie so lange hier", fügte er unnötigerweise hinzu.

Mit stumpfem Blick starrten die beiden auf ihre Füße und vermieden es, Freddy auch nur eines Blickes zu würdigen.

Dieser war sich der Ironie dieser Situation durchaus bewusst. Vor ein paar Stunden noch hatte er den Wunsch geäußert, endlich mal etwas richtig Schauriges zu erleben. Na, wenn das nicht schaurig genug war, zwischen zwei Mördern auf dem Flur des Polizeigebäudes zu sitzen! Glücklicherweise erschien in diesem Augenblick der Beamte vom Fahrdienst, um den unfreiwilligen Leichenfinder zur Vesperkirche zu bringen. Freddy erhob sich dankbar. Er war nun doch recht froh, hier wegzukommen. Ein paar letzte Worte an die beiden Festgenommenen konnte er sich jedoch nicht verkneifen:

„Kompliment, Ihr habt es tatsächlich geschafft, dass ich mich noch mal so richtig gefürchtet habe. Eine Geisterbahn mit echter Leiche ist sicher weltweit einzigartig. Wirklich schade, dass das wohl eure letzte Teilnahme am Cannstatter Frühlingsfest war."

Er war schon fast den Gang hinunter, als er sich noch einmal umdrehte und den beiden zurief: „Es gibt ja da diese Gruselgeschichten, was das Essen im Gefängnis betrifft. Die mit dem Hundefutter ist wohl noch die harmloseste." Mit einem schelmischen Grinsen wandte er sich ab und folgte dem Polizeibeamten hinaus in den sonnigen Frühlingstag.

ILSE BURKERT-SAUER

Heilbronner Spitzbuben

„Dieser Typ ist doch völlig durchgeknallt. Jetzt will er auch noch hierher kommen!"

Der Computerausdruck in Edith Haferkorns Hand zitterte. Aufgebracht streckte sie ihrer Tante Paula das Schreiben entgegen. Paula schüttelte den Kopf. Sie walkte den Mürbeteig zwischen ihren Fingern nochmals kräftig durch, formte eine Kugel daraus und legte diese auf das Backbrett.

„Langsam Edithle! Alles mit der Ruhe!" Paula klopfte sich das restliche Mehl von den Händen und griff nach dem Papier. Schnell überflog sie die gedruckten Zeilen: *In love, Craig.*

Ihr Englisch erschöpfte sich zwar in gängigem Vokabular von Kreuzworträtseln, aber diese Worte waren selbst ihr vertraut. Mit breitem Schmunzeln strich sie über Ediths schwarze, mit Gel gestärkten Igelstoppeln.

„Ich will den Typ nicht sehen! Was habe ich da angerichtet! Wenn Mama das erfährt! Außerdem bin ich nicht dein Edithle!"

Paula fühlte, dass die permanent überspannten Nerven dieses Teenagers nicht weiter strapaziert werden durften und zog ihre Hand wieder zurück. Für junge Menschen bedeutete jede Abweichung vom geplanten Weg einen Umweg, doch

Paula wusste, dass sich gerade in diesen Nischen das wirkliche Leben verbarg. Ihr Leben bestand eigentlich nur aus Umwegen. Ganz im Gegensatz zu ihrer Schwester Gisela. Für diese blieb sie ein „Kindskopf" und für Albert, ihren Schwager, „eine eingebildete alte Schachtel, die keinen Mann halten könne und jetzt sogar glaubte, seine ernst zu nehmende Konkurrenz zu sein."

Paula kümmerte das nicht. Sie war schon früh von zu Hause ausgezogen, hatte sich in den unterschiedlichsten Berufen versucht und blickte auf drei gescheiterte Ehen zurück. Dass sie vor einem Jahr wieder in ihr Heilbronner Elternhaus zurückgekehrt war, lag vor allem an den besonders ausgeprägten schwäbischen Spar- und Schaff-Genen, die auch in der Familie Haferkorn tradiert wurden. Gisela und ihr Mann hatten lange Zeit die Backstube der verstorbenen Eltern weitergeführt und im letzten Jahr mit einem Neubau am Ende der Straße vergrößert. Sie wechselten in das neue Geschäftshaus und Paula bezog wieder ihr Geburtshaus. Überdies konnte Paula die alte Backstube für ihr neues Vorhaben ausgezeichnet nutzen. Seit einiger Zeit war sie mit der Hilfe ihrer Nichte in die fantastischen Weiten des Internets vorgedrungen. Ein Meilenstein, der sie ungeahnt aus der Heilbronner Kleinstädterei in die globale Vernetzung führte und für die Verbreitung ihrer Geschäftsidee der Spitzbuben-Produktion sich als wahrer Glückfall entpuppt hatte.

„Es ist noch bis Freitag Zeit!", beruhigte sie Edith. Um diesen Amerikaner machte sich Paula keine Sorgen. Ihr fiel bestimmt noch die passende Erklärung für seinen Besuch ein.

„Jetzt sollten wir die Bestellung fertig machen. Die Spitzbuben da drüben sind zum Einpacken. Oder willst du lieber noch welche ausstechen?" Sie gab ihrer Nichte das Blatt zurück. Voller Entsetzen betrachtete Edith drei hölzerne Backbretter, auf denen sich lange Reihen von doppelstöckigen Brödle angehäuft hatten. Paula konnte sich nicht beklagen. Ihr kleiner, neu gegründeter Betrieb florierte, sehr zum Erstaunen ihrer Schwester und ihres Schwagers, die ihr Vorhaben am Anfang zum Scheitern verurteilt hatten. Zudem machte ihr das Spitzbubenbacken richtig Freude. Selbst unter Ediths cooler Teenager-Miene ließ das verdiente Geld ein Lächeln aufblitzen.

„Ich hasse diese klebrigen Dinger!"

„Ja, ich weiß. Vielleicht würde ein 20%iger Extrabonus helfen?" Paula verfolgte, ob Edith diesen Köder schluckte. Edith presste schmollend die Lippen aufeinander.

„Und wenn ich mich um deinen Amerikaner kümmern würde?"

„Das ist nicht mein Amerikaner!", blaffte Edith los, blinzelte jedoch bereits wieder vergnügt und drückte ihrer Tante einen Kuss auf die Wange.

„Und ein Paar Nikes extra!"

Paula grinste. Sie würde nie verstehen, wie sich ein hübsches Mädchen nur in Turnschuhen und diesen grässlich-schloddrigen Hosen wohlfühlen konnte, die nicht nur ihren gepiercten Bauchnabel, sondern auch den Ansatz ihrer Pofalten fremden Blicken freigab. Anderseits bewunderte sie ihre Nichte, die mit einem Übermaß an schwäbischem Geschäftssinn, Durchsetzungsvermögen und jugendlicher Risikofreude gesegnet schien. Edith hatte sie es letztlich zu verdanken, dass sie inzwischen nicht nur dem durchaus lukrativen Unternehmen „Schwabian-Cookie-Specialities" vorstand, sondern in Personalunion täglich mehr von diesen Plätzchen buk, als jemals in ihrem Leben zuvor. Via Internet kümmerte sich Edith um Marketing und Absatz der Ware. Da sie noch nicht volljährig war, agierte sie als Geschäftsführerin

Gisela Haferkorn unter der Bäckereiadresse ihrer Eltern. Mit Craig Pullmann aus Pennsylvania hatte sie den ersten großen Fisch am Haken. Ausführliche Korrespondenzen eilten über den Ozean, wobei Angaben über Größe des Unternehmens sowie Anmerkungen über Alter und Aussehen der Verkaufsmanagerin Gisela Haferkorn den zu erwartenden Umsätzen geringfügig angepasst wurden. Es entwickelte sich ein sehr persönlicher Briefwechsel, daraus wurde ein elektronisches Flirten und gipfelte in der Mail, in der Mr. Pullman seinen Besuch in „good old Germany“ ankündigte.

Die neueste Bestellung Craigs über 200 Packungen bildete den bisherigen Höhepunkt ihrer gemeinsamen Geschäftstätigkeit und steuerte Paula direkt in die konditorische Massenproduktion.

Bis zum Abend standen die beiden in der alten Backstube. Edith stopfte jeweils zwanzig der ausgekühlten Spitzbuben, die mit getrockneten Wartberger Lemberg-Rosinen dekoriert waren, in eine Zellophantüte, verschweißte diese, schob sie in einen Karton und verklebte ihn, während Paula unermüdlich Nachschub produzierte. 200 Schachtel, das machte 4000 Spitzbuben, 8000 einzeln ausgestochene und gebackene Plätzchen, von denen stets zwei mit Erdbeermarmelade akkurat aufeinandergeklebt werden mussten. Während Edith bereits den Gewinn von Dollar in Euro und ihren prognostizierten Anteil in Nikes und Pumas umrechnete, grübelte Paula darüber, wie man unerwünschte Besucher aus Amerika frachttauglich verpacken und wieder zurücksenden konnte.

Der Freitagmittag kam schneller als erwartet. Edith war früher aus der Schule heimgekehrt und bestrich die letzten Plätzchen mit Zwetschenmus, einer neuen Erfindung von ihr. In der Rührmaschine kneteten mehrere Kilo Mürbeteig für den nächsten Tag. Paula stellte das Gerät ab, prüfte die Konsistenz des Teiges und wuchtete ihn zum Ruhen in den Kühlschrank. Keine zehn Minuten später preschten Tante und Nichte in Richtung Stuttgart davon.

„Nur keine Aufregung", versuchte Paula ihre Nichte zu beruhigen, die nervös auf dem Beifahrersitz herumrutschte.

„Der weiß überhaupt nicht, wie die Gisela aussieht."

„Mama kriegt bestimmt 'nen Herzkasper und Papa, ..."

„Die verstehen doch überhaupt kein Englisch. Du übersetzt alles so, wie wir es besprochen haben."

Die folgenden zwei Stunden quälten sich die beiden durch Messebaustellen und Umleitungen zum Ankunftsterminal des Stuttgarter Flughafens. Paula stellte ihren Kombi im Parkhaus ab, und beide marschierten tapfer ihrem Großkunden Craig Pullmann entgegen.

Hatte Paula einen gut gekleideten Herrn mittleren Alters erwartet, erwischte sich Edith dabei, dass sie jedem braungebrannten GI-Bubi sehnsüchtig hinterherblickte. Beide lagen falsch. Lediglich ein bebrillter Vierziger in Golferhose, mit einem langweilig weißen Polo-Hemd bekleidet und einer prunklosen, braunen Reisetasche neben sich, stand verloren in der Halle herum. Paula stupste ihre Nichte an, der vor Enttäuschung Tränen in die Augen traten.

„Der Kunde ist König. Denk halt an die Turnschuhe!", flüsterte sie ihr ins Ohr.

Edith seufzte, fasste sich ein Herz und sprach den Fremden an.

„Hello, are you Mr. Craig Pullmann?"

Der Angesprochene zuckte zusammen und stellte seine Tasche ab. „Oh, sure. I'm waiting for ..."

Weiter kam er nicht, denn Paula stand bereits an seiner Seite und schüttelte ihm so kräftig die Hand, dass seine Brille auf dem Nasenrücken ins Rutschen kam. Während Edith in ihrem besten Schulenglisch ihre Tante und sich selbst vorstellte, schnappte sich Paula seine Tasche und eilte zum Ausgang. Ungelenk stolperte Craig hinterher, eifrig bemüht, wenigstens halbwegs zu verstehen, was ihm dieses junge Mädchen ins Ohr brüllte, ohne seine Tasche aus den Augen zu verlieren. Paula legte ein höllisches Tempo vor. Bei ihrem Auto angekommen, schob sie den atemlosen Craig Pullman auf die Rückbank neben seine Reisetasche, die er sofort wie einen Rettungsring fest umklammerte.

„It's a pleasure to meet you", piepste er leise ins Wageninnere und lugte wie eine verschreckte Maus aus seinem weißen Hemdkragen. „But where is Miss Harbourkorn?"

„Haferkorn", verbesserte Paula.

Mit Schwung stieß sie rückwärts aus der Parklücke, legte den Vorwärtsgang ein und ließ die Reifen quietschen. Craig duckte sich instinktiv.

„I'm sorry, but my Mum has to work in our cookie-factory. We go there now, okay?"

Craig nickte und hoffte inständig, dass er diese Fahrt unbeschadet überleben würde. Er tat es, obwohl sich Paula sehr bemühte, ihm eine unvergessliche Reise quer durch das Schwabenland bis vor die Haustüre der Bäckerei Haferkorn zu bescheren. Kreidebleich flüchtete er aus dem Wagen.

„Here we are. One moment please!", schrie Edith lauthals und rannte zum Haus.

Auch Paula stieg aus. In diesem Moment erschienen Edith und Gisela an der Tür. Paula zögerte keine Sekunde. Sie legte Craig beide Arme um den Hals und gab ihm einen innigen Kuss auf die Backe. Craig erstarrte.

„Da, siehst du Mama! Ich hab überhaupt nicht gelogen! Das ist Tante Paulas neuer Freund aus Amerika!"

Edith spielte ihre Rolle hervorragend. Giselas Wangen glichen überreifen Tomaten.

„Schämst dich denn net? A Fraa in deim Alder. Des isch ja ...!“ Es verschlug ihr die Sprache. Tödlich bohrte sich ihr Blick in den ihrer Schwester.

„May I introduce: Miss Haferkorn, Mr. Pullmann.“ Edith wartete einen Moment, dann zupfte sie ihre Mutter am Ärmel. „Du musst ihm jetzt die Hand geben.“

„Der kou mr gstohle bleibe“, bruddelte Gisela, obwohl ihre Augen auf dem amerikanischen Besucher hafteten und ihn häppchenweise verschlangen.

Verwirrt zog Craig seine Hand wieder zurück.

„My mother is a little shy. Your mails, you know!“, versuchte Edith zu vermitteln.

Craig blickte schamgerötet zu Boden.

„Ich habe Craig versprochen, dass er zuerst unsere Backstube anschauen kann. Er ist Manager einer weltweiten Bäckereikette und will sich hier die Produktionsstätte unserer Spitzbuben ansehen.“

Paula zog ihre Schwester zur Seite.

„Eigentlich mach i mir gar nichts aus dem Amerikaner, Gisela“, sagte Paula. „Aber du wolltest doch schon immer hier raus, nicht wahr? Ich habe doch gemerkt, wie du ihn angesehen hast. Das ist deine Chance!“ Paula hatte einen ungewohnt sanften Ton angeschlagen. Welch kümmerliches Leben ihre Schwester doch führte! Tagein, tagaus, immer zwischen Ladentheke und Backstube, Laugenbrezeln und Kehrwochen-Besen hin und her zu hetzen und obendrein mit diesem Idioten Albert ein Bett teilen zu müssen. Vielleicht war es an der Zeit, ihrer Schwester tatkräftig unter die Arme zu greifen.

„Wie kummst denn blos dou druf, Paula?“ Gisela schob sich verlegen eine Strähne aus der Stirn. In diesem Moment trafen sich ihre Blicke und Paula wusste, dass sie recht hatte.

„Jetzt lass uns erstmal rein, der Rest wird sich finden." Entschlossen steuerte Paula ihren amerikanischen Gast an, ergriff dessen Hand und zerrte ihn mit sich zum Haus.

„Ich weiß net. Aber good. Nur mid dem Albert red i selber", erwiderte Gisela mit dünner Stimme, öffnete jedoch die Türe.

„Now we visit our modern cookie-factory!", sagte Edith und strahlte hinter Giselas Rücken hervor, als sie als Erste die Bäckerei betrat.

Im Nachhinein war nicht auszumachen, was den amerikanischen Besucher bei der Betriebsbesichtung der Bäckerei Haferkorn mehr beeindruckt hatte, die klassische schwäbische Betriebsamkeit des rundlichen, mehlbestäubten Bäckers Albert Haferkorn, der Craig lediglich als „normal worker" vorgestellt wurde oder die plötzlich einsetzende Verwandlung Giselas, die mit überraschend-charmanter, pantomimischer Fertigkeit ihrem Gast sogar das erste Lächeln auf deutschem Boden zu entlocken vermochte. Schließlich wurde der Nachmittag in ausgelassener Kaffeerunde im Wohnzimmer mit Schwarzwälder Kirschtorte und mehreren Schnäpschen beschlossen, die Craigs ständige Einwürfe über „the delicious German-Spitz-Boys" in allgemeinem Gelächter untergehen ließen.

Erst spät am Abend gelang es Paula, den schwer angeschlagenen Craig mit Ediths Hilfe ins Gästezimmer ihres Hauses zu befördern. Morgen würde Craig wieder abfliegen und alles wäre überstanden.

Doch Craig erwachte mitten in der Nacht. Schlaftrunken torkelte er umher. Das Zimmer, das Haus, alles erschien ihm fremd und verwirrend. Sein Kopf brummte. In seinem Magen grummelte es. Langsam stand er auf, zog sich an, tappte einen schmalen Flur entlang und gelangte ins Freie. Die frische Luft tat ihm gut. Er hatte gewusst, dass es ein Risiko war, nach Deutschland zu fliegen, aber was er bislang hier erlebt hatte, spottete jeder Beschreibung. Es gab nur eins, wofür sich der Einsatz lohnte: Gisela. Sie war bezaubernd. Aufgrund ihrer Mails hatte er sie zwar jünger geschätzt, aber er wollte nicht wählerisch sein. Eine gestandene Geschäftsfrau, die so wundervolle „Spitz-Boys" und „Blackforest Cakes" zaubern konnte war mehr, als er zu hoffen gewagt hatte. Sie würde seinen „grossery-market" richtig in Schuss bringen. Er musste sie nochmals sehen, mit ihr sprechen, vielleicht sogar in seine Arme schließen. Morgen würde es zu spät sein. Mutig schritt Craig auf den fahlen Lichtkegel einer Straßenlaterne zu.

Auch Gisela fand keine Ruhe. Es brodelte in ihrem Inneren. Diese tiefblauen Augen! Giselas Herz hämmerte, als müsse es eine Betonmauer zum Einsturz bringen. Was war nur aus ihr geworden? Eine gut gelittene Haushälterin, die alle bediente, aber als eigener Mensch vergessen wurde. Wie hatte Paula sie nur so schnell durchschauen können? War es möglich, in ihrem Alter nochmals neu anzufangen? Sie konnte doch nicht einfach alles stehen und liegen lassen und mit diesem Amerikaner ...? Gisela wurde es heiß und kalt. Sie musste zu Craig, musste mit ihm sprechen, ihn berühren. Albert schnarchte lautstark vor sich hin. Leise schlüpfte sie aus dem Bett, stieg mit zitternden Knien die Treppe hinunter und verließ das Haus. Mit einem Mal bemerkte sie eine Gestalt im Halbdunkel. Für einen Moment dachte sie daran, umzukehren, aber sie konnte nicht. Eine vage Hoffnung hielt sie zurück. Die Gestalt kam näher, hob den Arm und winkte unbeholfen. Es war Craig. Sie wartete und mit jedem seiner Schritte pochte ihr Herz schneller. Minutenlang sahen sie sich schweigend in die Augen. Gisela hatte nicht viele Abenteuer erlebt, aber dieses sollte ihr letztes großes werden, sich noch einmal verlieben können ...

Sie öffnete die Hand, Craig nahm ihre schmalen Finger und umschloss sie sanft. Er wollte etwas sagen, aber sie legte ihm nur einen Finger auf die Lippen und schlich mit ihm in ihre Backstube.

„Herrgottkreuzsakrament nochmol, was isch denn des?“ Gisela und Craig flogen wie Holzsplitter auseinander.

„Erst mei Bäckerei ausspioniere und jetzt noch an meiner Fraa rumtadsche. Bass uff, Kerle.“

Keiner hätte dem rundlichen Albert eine derartige Beweglichkeit zugetraut, Craig am allerwenigsten, deshalb traf ihn der rechte Schwinger des Bäckermeisters völlig unvorbereitet. Die funkelnden Sternchen des „Union Jacks“ blitzten vor ihm auf, dann versank er in tiefste Dunkelheit.

„Albert, um Himmelswillen. Du hasch en umbroocht!“, schrie Gisela völlig aufgelöst.

„Im Leben net!“ Albert kam auf Gisela zu. Sie wich zurück.

„En gscheiten Plan! Wie lang kennst den Kerle scho, ha?“

Gisela zitterte. Sie ging rückwärts, bis sie mit dem Rücken gegen eine der überdimensionierten Teigschüsseln stieß.

„Ich weiß ja aa net. Ich wollt blos amol ...“ Gisela brach ab. Nein, sie wollte nicht nur einmal ausbrechen, sondern ein für alle Mal diesem Gestank von Mehl, Teig und Lauge entfliehen.

„I geh mit dem Craig nach Amerika!“ Die Worte kamen so unvermittelt über ihre Lippen, dass sie vor sich selbst erschrak.

„Was?“ Albert traute seinen Ohren nicht. Seine Frau, seine Gisela, nach Amerika? Sie musste den Verstand verloren haben. „Du hast hier des Gschäft und mehr brauchst net! Und jetzt raus aus meiner Backstub!“ Albert wandte sich ab. Für ihn war die Sache erledigt.

Gisela starrte ihm hinterher. Sie fühlte eine unbändige lang aufgestaute Woge aus Zorn und Hass in sich aufsteigen, die in diesem Moment aus ihr herausbrach. „Noi, Albert, des versaust du mer net.“ Sie begann zu rennen, griff nach einem der schweren, metallenen Teigschaber an der Wand, holte aus und schlug zu. Einmal, zweimal, so lange, bis die weiße, durchscheinende Kopfhaut Alberts aufplatzte und sich mit dunklem Rot überzog. Albert sank zusammen und plumpste wie ein Mehlsack nach vorne auf den weißen Fliesenboden.

„Gisela!“ Paula stand in der Tür. Eine böse Vorahnung hatte sie wachgehalten. Ihr Blick streifte den ausgeknockten Craig, dessen Kinn eine deutliche Schwellung aufwies und blieb dann auf ihrer Schwester hängen. Diese stand wie der Erzengel Gabriel mit erhobenem Teigschaber inmitten der Backstube.

Der Schaber fiel klirrend auf den Boden.

Paula stockte der Atem. Da lag er, Albert Haferkorn, ein fleißiger schwäbischer Bäckermeister, niedergestreckt von seiner braven schwäbischen Ehefrau.

Paula reagierte sofort. Sie nahm ihre völlig apathisch wirkende Schwester an der Hand und setzte sie auf einen Stuhl. Schnell beugte sie sich über Craig, hielt ihr Ohr über seinen Mund und nahm dessen kurze, schwache Atemgeräusche wahr. Ein gutes Zeichen. Schließlich eilte sie zu Albert. Eine zähfließende Blutlache hatte sich unter seinem Kopf ausgebreitet. Er war tot. Paulas Gedanken rasten. Wohin mit der Leiche? Suchend sah sie sich um. Riesige Rührschüsseln, in denen gewaltige Knethaken lauerten, diverse Zuleitungsrohre, aus denen Tonnen von Mehl strömen konnten und nicht zuletzt drei meterhohe, verchromte Backöfen mit dösenden, langgezogenen Backblechen ließen bei ihr eine Idee keimen.

Die Schwestern blickten sich an.

„Net, Paula. Den Albert müsse mr doch noch christlich unter die Erd bringe! Denk doch an die Leut und unser Edithle!", flüsterte Gisela, als hätte sie in den Gedanken ihrer Schwester gelesen. Paula nickte. Gisela deutete mit dem Finger auf ein metallenes Brotregal. Schweigend schoben die beiden Frauen die Stellage neben Alberts Körper. Gisela beugte sich ein letztes Mal zu ihrem Mann hinunter. Mit der Fingerspitze berührte sie seine Wange.

„Lass gut sein! Dafür haben wir jetzt keine Zeit! – Es muss wie ein Unfall aussehen, verstehst du?", redete Paula beschwörend auf ihre Schwester ein.

Gisela seufzte und richtete sich auf. Mit vereinten Kräften hievten die Frauen das Regal über Alberts leblosen Körper, nahmen Maß und ließen es exakt mit der Seitenkante auf seinen Hinterkopf fallen. Ein dumpfes, knackendes Geräusch drang ihnen in die Ohren.

„Passt", sagte Paula. Gisela war einer Ohnmacht nahe.

„Wo ist das blöde Ding?" Da sich Gisela nicht rührte, hob Paula den blutverschmierten Teigschaber vom Boden auf. Sie wusch ihn unter dem Wasserhahn ab und wickelte ihn dann in ausgelegte, weiße Tücher. „Kümmere du dich um den Ami. Aber, Gisela, kein Wort über Albert! Ich bin gleich zurück."

Kurze Zeit später kam sie mit einem abgedeckten Wäschekorb aus ihrer Backstube zurück. Craig war inzwischen wieder zu sich gekommen und lehnte noch etwas benommen an einer Wand. Gisela hielt seine Hand. Paula beachtete die beiden nicht, sondern legte ein großes Backblech auf den Tisch, dann zog sie das Tuch von ihrem Wäschekorb. Mit einem Ruck hob sie einen knapp meterlangen, ovalförmigen Teiglaib heraus, teilte ihn in zwei Teile und rollte beide auf dem Blech aus. Danach nahm sie die Tatwaffe und drückte sie fest in eine der Teighälften. Sie formte ein gleich großes Stück und legte sie nebeneinander auf das Backblech, schob es in den Ofen und stellte Temperatur und Zeit ein.

„Gisela, hast du noch Erdbeermarmelade?“, fragte sie mit fester Stimme.

Gisela nickte. „Im Keller. Vier oder fünf Gläser.“

„Dann bring alle hoch!“

Gisela gehorchte, aber ihre Bewegungen hatten etwas Automatisches an sich. Kaum war sie verschwunden, wandte sich Paula dem fassungslos staunenden Craig zu, dessen Kinn inzwischen zur doppelten Größe angeschwollen war. Ihre Augen funkelten finster. „Killer!“, flüsterte sie. „Go home!“

Craigs Augen weiteten sich und füllten sich mit Tränen. Paula deutete mit ausgestreckter Hand die Straße hinunter. Er tat ihr beinahe leid.

Craig öffnete den Mund, aber keine Silbe kam über seine bebenden Lippen. Mit einem Mal stürmte er aus der Bäckerei, weiter zu Paulas Haus, um seine Reisetasche zu holen. Damned! Er konnte sich an nichts mehr erinnern. Totaler Black-out. Vielleicht hatte er den Mann wirklich erschlagen? Er musste weg, auch wenn es mitten in der Nacht war. Er ein Killer? Germany und seine Haferkorns hatten ihm kein Glück gebracht.

„Hier, mehr hab ich net!", keuchte Gisela, als sie mit einem Korb voller Marmeladengläser zurückkam. „Wo ist denn Craig?", fragte sie und stellte den Korb ab.

„Abgehauen. Wahrscheinlich zurück nach Amerika. Komm!" Gisela unterdrückte einen Schrei. Bevor sie ihrem Liebsten nacheilen konnte, packte Paula ihren Arm und zerrte sie mit sich, in weitem Bogen um die Etagere, unter der noch immer Alberts Leiche hervorragte. Beim Ofen angelangt zog Paula das Blech heraus und stürzte die beiden goldbraun gebackenen Teile auf einen Tisch. Der unverkennbare Geruch von Spitzbuben stieg ihnen in die Nase.

„Die Marmelade, Gisela!" Gemeinsam strichen sie die rotklebrige Masse auf die untere Gebäckhälfte, bis vom blitzenden Metall des Teigschabers nichts mehr zu erkennen war und setzten anschließend das obere Teil darauf.

Zufrieden betrachtete Paula ihr Werk: Ein überdimensionaler Riesen-Spitzbub, erfunden von einem schwäbischen Mädle. Wäre sein Inhalt nicht so verräterisch gewesen, hätte sie ihn als Rekord ins Guinness-Buch anmelden können.

„Der kommt ins Schaufenster, für unsere gemeinsame Spitzbubenbäckerei! – Ich hab da schon eine Idee, wie wir das Geschäft weiterführen können. Nur du und ich und unser Edithle. Ohne den Albert haben wir freie Bahn."

Blass und zitternd saß Gisela auf dem Stuhl und starrte auf den Boden.

„Reiß dich zusammen, Gisela! Oder willst du ins Gefängnis?" Paula sah zu dem Toten hinüber. „Und denk dran: Albert war allein hier und hatte einen Betriebsunfall, klar! Und jetzt rufe ich den Notarzt."

„Notarzt?" Edith stand in Top und Shortys am Türrahmen und rieb sich die Augen. „Was ist denn los? Warum seid ihr alle schon wach?"

„Edithle, du musst jetzt tapfer sein. Dein Papa hatte einen Unfall. Er ist ... tot!“, schluchzte Gisela.

Die beiden Schwestern sahen sich verschwörerisch an und nahmen Edith tröstend in ihre Mitte.

Ein wunderbares Gefühl, dachte Paula. Einen Moment streifte sie ein wehmütiger Gedanke an Craig Pullmanns Auftrag über 200 Schachteln Spitzbuben und die verlorene bilaterale Geschäftsbeziehung mit Amerika, doch nur einen flüchtigen Augenblick; schließlich musste der europäische Markt auch versorgt werden.

NIKLAUS SCHMID

Topinambur

Jetzt mal unter uns, dass ich mich auf diese Mafia-Sache eingelassen habe, war eine Scheiß-Idee. Ich meine das sogar im wörtlichen Sinne. Denn es war so:

Ich saß gerade vor einer Portion Topinambur-Auflauf mit Speck, als Anne an meinen Tisch trat. Mit hochrotem Kopf, was aber, wie ich später erfuhr, nicht vom Küchendunst herrührte, sondern mit ihrer Aufregung zusammenhing.

„Na, hat der Dicke dich wieder angegrabscht?", wollte ich wissen.

Sie ging nicht darauf ein, sagte nur: „Pass auf, Roscher, ich hab wenig Zeit, muss gleich wieder zurück in die Küche. Du glaubst ja nicht, was ich gerade auf dem Klo erlebt habe. – Grins nicht so blöd!"

„Entschuldige." Ich legte die Gabel beiseite.

„Also, das ist der Hammer: Mein Chef wird erpresst."

„Was du nicht sagst!"

„Doch, Roscher, ist so. Zwei Typen haben sich eben darüber unterhalten. Entweder der alte Sack zahlt, hat der eine gesagt, oder wir machen ihm den Laden platt."

„Moment mal, Anne! Wird Schutzgelderpressung jetzt auf der Damentoilette ausgehandelt?"

„Quatsch! Ich war mal kurz für kleine Jungs – du weißt

doch, bei den Mädels dauert's immer länger, bei *Damen* standen sie schon Schlange. Ich aber hatte wenig Zeit, eine Bedienung war ausgefallen, die Gäste warteten, und da bin ich eben mal auf die *Herren* gegangen, machen andere auch."

„Weiter, Anne, mein Essen wird kalt."

„Nun, ich setz mich gerade, da höre ich Männer kommen, verdammt, dachte ich, die können doch unter der Tür durch meine roten Schuhe sehen, und da bin ich schnell auf die Brille gestiegen. Noch rechtzeitig. ‚Die Luft ist rein', sagt einer der Männer, und der andere legt auch gleich los, von wegen wie sie meinem Chef die Hölle heiß machen wollen. Mit 'nem Truck inne Schaufensterscheibe, sagt der erste; nee, Molotowcocktail ist geiler, meint der zweite, am besten noch heute, der muss wissen, dass wir's ernst meinen. Ja, nee, gib ihm noch ein, zwei Tage, schlug der eine vor, vielleicht hat der die zwanzig Mille tatsächlich nicht flüssig. Na schön, sagt der andere, geben wir ihm noch eine letzte Chance."

Ich nahm einen Schluck Wein. „Und dann?"

„Danach hörte ich Schritte, es kam noch jemand, und es wurde still. Na ja, bis auf die bekannten Geräusche." Sie zog die Nase kraus, sprach dann aus dem Mundwinkel: „Schau dich gleich mal unauffällig um, die beiden da an der Theke, das könnten sie sein." Ich zuckte die Achseln. Anne nahm mein Weinglas, laut sagte sie: „Darf ich Ihnen noch einen Silvaner bringen?"

„Aber gerne."

Ich guckte ihr nach, Anne hat wirklich einen umwerfenden Hüftschwung. Kein Wunder, dass ihr Chef, dieser sizilianische Bock, scharf auf sie war. Großzügig mit seinen Wurstfingern, aber knauserig beim Lohn. Anne hatte einen Minijob im Ristorante Da Bruno, das bis vor kurzem noch Bei Herbert hieß und für seine solide schwäbische Küche bekannt war.

Jetzt also Da Bruno, zum Glück gab es neben dem üblichen Pasta-Gedöns auch noch ein paar handfeste schwäbische Gerichte, unter anderem meinen geliebten Topinambur-Auflauf mit Speck. Topinambur ist eine Knolle, hat Anne mir erklärt, kommt ursprünglich aus dem Ausland, wurde aber sozusagen eingeschwäbelt. So wie ich. Denn ich stamme aus dem Ruhrpott, dem Land der Currywürste, doch an das gute schwäbische Essen habe ich mich schnell gewöhnt, genauso wie ich mich daran gewöhnt habe, dass meine Freundin Anne mich Roscher statt Roger nennt.

Wo Anne nur mit meinem Silvaner blieb? Als ich in Richtung Küche blickte, sah ich die beiden Typen, auf die sie mich aufmerksam gemacht hatte, aus der Tür mit dem Schild *Privat* kommen. Beide trugen Sakkos, die aus der Kleidersammlung stammen konnten, einer war aschblond, der andere hatte eine rötliche Halbglatze, an der noch ein mickriges Schwänzchen hing. Mafia-Typen stellte ich mir anders vor. Ich bin optisch orientiert. Anne, die sich vor dem Einschlafen noch gern Kriminalhörspiele reinzog, die ich tagsüber für sie aufnahm, also, Anne ist mehr Ohrenmensch. Sie reagiert stark auf Stimmen, was ich mir manchmal, wenn sie nach der Schicht nicht zu müde ist, zunutze mache. Hey, Baby, sage ich dann, wie war dein Tag, gut angeschafft? Wenn Sie dann in Laune ist, steckt sie mir ihr Trinkgeld in die Hosentasche. Anne hat auch einen gewissen Hang zum Milieu, ich war mir fast sicher, dass sie sich die ganze Sache mit der Schutzgelderpressung nur eingebildet hatte.

Andererseits – als die beiden Typen das Lokal verließen, bin ich ihnen mal nachgegangen. Nur so, hatte ja sonst nichts zu tun. Die beiden unterhielten sich in einem seltsamen Sprachgemisch. Der Aschblonde hörte sich eindeutig nach Sachsen an und der mit der rötlichen Halbglatze sprach ein

Deutsch wie die Klitschko-Brüder. Lagerte jetzt sogar die Mafia die Arbeitsplätze nach Osten aus?

Vorausgesetzt, es stimmte, was Anne behauptete.

Die beiden Typen spazierten um ein paar Ecken zu einem Parkplatz, stiegen in einen anthrazitfarbenen Toyota und fuhren, so stellte ich mir das vor, zum nächsten Restaurant, um dort ihrer Erpressertätigkeit nachzugehen.

Immer noch vorausgesetzt, dass es stimmte, was Anne behauptet hatte. Mir ging die Sache nicht aus dem Kopf. Auch nicht zu Hause, während ich darauf wartete, dass Anne von ihrer Schicht heimkam.

Ich machte den Fernseher an, ging die Programme durch, fand nichts Gescheites. Entweder lag es an den Sendungen oder an mir. Seit ich meine Stelle als Sozialarbeiter verloren und so viel Zeit hatte, machte mir das Fernsehen überhaupt keinen Spaß mehr.

Noch zwei Stunden, bis Anne im Da Bruno die Servierschürze abbinden konnte. Das heißt, falls der Dicke sie nicht anschließend noch in seinem Büro begrabbelte. Der Gedanke machte mich ganz krank. Weil man ja nie ganz sicher sein konnte, ob sie ihm, aus welchem Grund auch immer, das nicht doch gestattete. Bei Neun Live konnten sich die Zuschauer die Glückskarten legen lassen. Eine Frau wollte wissen, ob ihr Mann treu sei. Die Karten sagten: Ja, ist er. Ich zappte weiter. Auf dem Bildschirm räkelte sich jetzt ein armes halbnacktes Geschöpf mit Lippen wie Ballonreifen und stöhnte, man solle doch um Himmels willen und dem Sender zu Nutzen eine Nummer mit vielen Sechsen anzurufen. Das Geschöpf sprach wie eine Schwester der Klitschko-Brüder und versicherte den Zuschauern, dass es ein „grrosses Herz und noch fille scharrfe Frreindinne“ habe.

Seltsam, genau in dem Augenblick fiel mir die Telefonnummer von Da Bruno ein. Ich knipste den Ton vom Fernseher aus und hob den Telefonhörer ab.

Als ich endlich den Dicken am Apparat hatte, gab ich meiner Stimme einen osteuropäischen Akzent und sagte: „Unser Boss hat grrosses Herz, er ist einverstanden, geben zehn Riesen, aber schnell."

Schnaufen am anderen Ende der Leitung, ich war darauf gefasst, dass der Dicke den Preis drücken würde. Doch er zeigte sich einverstanden, er versuchte lediglich, den Termin ein wenig rauszuschieben, die Geschäfte gingen schlecht, er stünde erst am Anfang, müsse den Laden renovieren, das Personal würde ihn aussaugen. Die übliche Arbeitgeberleier.

Ich hackte dazwischen. „Hörren Sie, mein Frreind, wollen Sie, dass Feierwehr mit grroßen Schläuchen anrricken muss, wollen Sie das wirklich?" Mein Akzent war inzwischen so dick wie der von Wladimir Klitschko nach seiner Niederlage in Las Vegas.

Hätte der Dicke spätestens jetzt laut aufgelacht, ich hätte aufgelegt und Anne später von dem herrlichen Telefonstreich erzählt.

Stattdessen fragte er, wie denn die Geldübergabe ablaufen sollte. Eine Sekunde oder so war ich verdutzt. Dann erklärte ich es ihm.

Meine Stelle als Sozialarbeiter in der Abteilung Jugendschutz war seinerzeit wegen der, wie es hieß, angespannten finanziellen Lage gestrichen worden. Seitdem befand ich mich in einer finanziell angespannten Lage und die Jungs aus meinem Viertel, einem so genannten sozialen Brennpunkt, waren ohne Aufsicht. Ich glaube nicht, dass sie mich vermissten. Aber besuchen konnte ich sie ja mal. Und das tat ich auch, am anderen Tag.

Für die Jungs war das, was ich vorhatte, ein Spiel. Der erste ging, wie mit dem Dicken am Telefon besprochen, ins Da Bruno, sagte dort das Stichwort Topinambur und bekam anschließend einen Pizzakarton ausgehändigt. An der Straßenecke übergab er den Karton einem zweiten Jungen, der ihn einem dritten gab und so weiter bis die Stafette bei mir endete. Der Karton war inzwischen ziemlich durchgeweicht, aber der Gefrierbeutel, der unter der Pizza Diabolo lag, noch unversehrt. Ich wischte ihn ab und steckte ihn in meine Jackentasche, zählen wollte ich zu Hause.

Das Ristorante Da Bruno lag nicht weit von Annes Wohnung, wo ich nach meiner Freistellung untergekommen war. Auf halbem Weg dorthin fing es an zu regnen. Ich stellte mich unter die Markise von dem Asien-Laden, einen Block von Annes Wohnung, um den Schauer abzuwarten. Pizza gehört nicht unbedingt zu meinen Lieblingsspeisen, aber aus dem Karton roch es recht verführerisch.

Ich nahm gerade einen Bissen Diabolo, als mich ein fürchterliches Krachen aufschreckte. Kein Blitz, kein Donner; es klang mehr so, als wäre tatsächlich der Teufel persönlich ganz in der Nähe aus einem Erdloch gefahren.

Über den Rand meiner Pizzascheibe sah ich, dass sich auf der gegenüberliegenden Straßenseite ein Kleinlaster in die große Schaufensterscheibe von Da Bruno gebohrt hatte. Klar, der plötzliche Regen, das glitschige Kopfsteinpflaster – ging es mir durch den Kopf. Doch dann erkannte ich eine Straßenecke weiter den anthrazitfarbenen Toyota und mir kam ein anderer Verdacht.

„Roscher! Wahnsinn! Echt. Wahnsinn!" Anne wiederholte die Worte ein paar Mal. Sie stand in der Wohnungstür, war klatschnass und sah zum Anbeißen süß aus.

„Ja", stimmte ich zu. „Zu dieser Jahreszeit ist solch ein Schauer absolut ungewöhnlich." Ich ging auf sie zu. „Hey, Baby, wie war dein Tag, hast du gut angeschafft ...?"

„Fass mich nicht an, Roscher, hör erst mal zu! Sie haben es getan."

Ich ließ die Arme sinken. „Wer hat was getan?"

„Na, die Schutzgelderpresser, sind mit einem Laster in die Schaufensterscheibe von Da Bruno."

„Nein! Das gibt es doch nicht!"

„Doch! Die Polizei war schon da. Der Dicke hat den Bullen eine ziemlich gute Beschreibung geben können, was die Stimmen angeht. Russen, sagt er. Und ich konnte die beiden auch ziemlich gut beschreiben, aber mehr vom Aussehen. Von dem, was ich gehört hatte, hab ich nichts gesagt." Sie fuhr sich durch das nasse Haar. „War mir peinlich wegen der Sache auf dem Männerklo. Deshalb hab ich den Bullen gesagt, dass du zufällig das Gespräch von den beiden mitgekriegt hättest."

„Ich?" Es sollte eine Frage sein, klang aber wie ein Schrei. Mein Magen klumpte sich zusammen. Die Peperoni. Nie wieder Pizza Diabolo! „Ich hätte ...?"

„Ja, vielleicht springt sogar eine Belohnung raus." Es klingelte an der Wohnungstür. „Das könnten sie sein."

Es waren zwei Beamte, sie sind ja immer zu zweit.

„Herr Laux?"

„Ja."

„Wir hätten da die eine oder andere Frage" , sagte der ältere der beiden. Während er fragte, sah sich der jüngere in der Wohnung um, betrachtete den Pizzakarton und wollte plötzlich wissen, was mir zu dem Wort Topinambur einfällt.

„He, Leute, ist das jetzt so eine Art psychologischer Test oder was?"

„Nein, nur eine Frage."

„Nun ja, Topinambur könnte eine südamerikanische Freiheitsbewegung sein."

Der Ältere hob die Augenbraue. Mit dem war nicht zu spaßen.

„Gut, ich kann ja mal mitspielen. Topinambur hört sich exotisch an, ist ein Gewächs, der Kartoffel ähnlich. Aber, ehm, wieso fragen Sie?"

„Ein halbwüchsiger Junge in Skaterhosen war heute bei Da Bruno, wollte unbedingt mit dem Chef sprechen, hat ihm genau dieses Wort gesagt und anschließend eine Pizza Diabolo Spezial bestellt, für zum Mitnehmen, wie er sagte."

Der junge Beamte legte den Karton auf den Tisch, der ältere sagte: „Herr Laux, ich glaube, Sie müssen uns zur Wache begleiten."

„Verstehe, Identifizierung der Männer, die ich auf der Toilette gesehen habe. Vielleicht hätte ich sofort … aber es ist so, ich wollte da nicht reingezogen werden, ich meine, als Zeuge, denn, na ja, Schutzgelderpresser sind nicht zimperlich." Ich hob die Arme. „Aber Bürgerpflicht ist nun mal Bürgerpflicht und natürlich bin ich bereit …"

Er schüttelte den Kopf. „Es geht nicht um Ihre Zeugenaussage, Herr Laux. Die Handlanger sind uns bekannt. Die Methode auch: Androhung von Gewalt, schon seit Wochen, und heute hat die Bande dann Ernst gemacht und einen Kleinlaster in die Außenfront der Gaststätte Da Bruno gerammt. Das alles passt ins Bild. Was nicht ins Bild passt, ist, dass dieser angebliche Unfall passierte, nachdem, ich wiederhole, nachdem der Wirt vom Da Bruno das Schutzgeld übergeben hatte, und zwar an einen halbwüchsigen Jungen, der Skaterhosen trug und als Kurier missbraucht wurde."

„Schlimm, sehr schlimm! Die Jungs sind ohne professionelle Aufsicht, weil Stellen gestrichen wurden. Sparmaßnahmen. Finanzielle Engpässe in den Gemeinden."

Anne sprang mir zur Seite: „Rosch'r, mein Läbensgefährde", vor lauter Aufregung wurde ihr Schwäbisch immer dicker, „Rosch'r isch jo selb'r bedroffe vo dera Schbaarmaßnahm."

„Und da hat er sich selbständig gemacht." Der junge Beamte tippte auf den Pizzakarton. „Tja, Eigeninitiative, wird ja immer gefordert." Mit spitzem Finger hob er den Deckel. „Fehlt nur noch das Geld."

Ich sprang vom Stuhl hoch. „Moment mal! Was für Geld? Hören Sie, Erpressung, Gewalt, Sachschaden anrichten, so etwas liegt mir nicht, den Rumms in die Schaufensterscheibe können Sie mir nicht anhängen. Ich hab ja nicht mal einen Führerschein."

„Zum Trittbrettfahren braucht man keinen Führerschein", sagte der Ältere. „Da genügt es, wenn man ein Telefon bedienen und seiner Stimme einen fremden Akzent geben kann."

Zu dem Zeitpunkt glaubte ich noch, einigermaßen glimpflich aus der Sache herauszukommen. Telefonscherz und so. Doch dann fanden die Beamten die zehn Mille, denen noch ein leichter Geruch nach Peperoni und Mozzarella anhaftete. Von wegen Geld stinkt nicht! Eigentlich wäre es gar nicht nötig gewesen, dass die Polizei, wie ich später erfuhr, die Scheine präpariert und auch das Telefongespräch mitgeschnitten hatte. Ich war überführt oder ich war, mit den Worten meiner Jungs, ins Knie gefickt.

Die beiden Typen, der Aschblonde und der mit dem rötlichen Haarkranz, übrigens auch. Ich meine, ins Knie. Wohnen in Haus E auf demselben Flur, drei Türen weiter. Wir sehen uns manchmal auf dem Hof beim Rundgang. Oder bei der

Essensausgabe, ich bin nämlich in der Küche. Morgen gibt es Maultaschen.

Anne sehe ich auch, aber nur ab und zu im Besucherraum. Sie habe, erzählt sie, jetzt beim Dicken einen Stein im Brett, sie brauche im Da Bruno nicht mehr zu bedienen, nimmt nur noch die Bestellungen auf. „Und sonst?“, frage ich in der Art, wie man im Ruhrpott ein Gespräch in Gang hält.

„Sonst?“, sie hebt die Schultern. „Nichts. Ach so, ja, kommt doch neulich so ein Bengel in Skaterhosen ins Lokal, baut sich vor mir auf, verlangt den Chef zu sprechen, sagt ‚Ciao Bella‘ und bestellt grinsend eine Pizza Diabolo Spezial.“

„Und? Weiter?“

„Nix, weiter. Ich hab ihm die Ohren lang gezogen.“

„Richtig so!“

Denn, jetzt mal unter uns, diese Mafia-Sache war wirklich eine Scheiß-Idee, aber das hab ich ja schon am Anfang gesagt.

Zu den Autorinnen und Autoren

Gudrun Weitbrecht, geboren in Hessen und im Rheinland aufgewachsen, lebt seit über 30 Jahren im Schwabenland. Sie hat zahlreiche Kurzkrimis veröffentlicht. Wenn sie nicht „mordet“, kreatives Schreiben unterrichtet, Krimi-Workshops gibt und als Fachautorin journalistische Texte verfasst, sind Kochen und Gärtnern ihre Hobbys. Sie ist Mitglied bei den *Mörderischen Schwestern.*

www.weitbrecht.info

2000 wagte **Nessa Altura** etwas Neues: Sie verkaufte eine Kurzgeschichte. Seither hat sie viele Storys für Anthologien, zwei Kurzprosabände und den Roman „Die 13. Klasse“ mit einem Blog-Magazin (www.die-dreizehnte-Klasse.de) und Filmsplittern veröffentlicht. Und damit Preise gewonnen. Sie lebt in Süddeutschland. *Nessa's Newsletter* und mehr:

www.nessaaltura.de

Sabine Bohnet wurde 1962 in Stuttgart geboren. Seit einigen Jahren lebt sie in Frankfurt am Main. Sie ist gelernte Verlagsbuchhändlerin und arbeitet jetzt in der IT-Branche. Neben dem Schreiben ist Kochen ihre große Leidenschaft. Insbesondere regionale Rezepte und Spezialitäten haben es ihr angetan. Sie ist Mitglied bei den *Mörderischen Schwestern*.

Ilse Burkert-Sauer, geb. 1963 im hohenlohischen Ilshofen, studierte nach der Ausbildung zur Erzieherin Sozialpädagogik in Esslingen und lebt seit mehreren Jahren in Brackenheim. Als kreative Schwäbin liebt sie nicht nur die heimische Küche, sondern bäckt gerne selbst und blickt mit Leidenschaft in die dunklen Ecken der schwäbischen Seele. Von ihr sind bereits mehrere Krimi-Kurzgeschichten (z. B. „Die Leiche im Schloss" in „Mord isch hald a Gschäft" (2004); „Letzter Einsatz" in „Nur Bacchus war Zeuge" (2006)) veröffentlicht worden.

Dr. Jürgen Ehlers, geboren 1948, arbeitet im Geologischen Landesamt Hamburg. Für seine Kriminalgeschichte „Weltspartag in Hamminkeln" erhielt er 2006 den Friedrich-Glauser-Preis in der Sparte Kurzkrimi. Sein erster Roman „Mitgegangen (KBV) wurde im selben Jahr in der Sparte „Debüt" für den Friedrich-Glauser-Preis nominiert. 2006 erschien sein Roman „Neben dem Gleis", 2007 der Kurzkrimiband „Mann über Bord".

Die Badenerin **Martina Fiess** lebt heute im „schwäbischen Exil" in Stuttgart und schätzt die Küche beider Landesteile. Nach vielen Kurzkrimis erschienen die Romane „Tödlich schön" (2006) und „Tanz mit dem Tod" (Okt. 2007), beides Stuttgart-Krimis. Mitherausgeberin von „Nur Bacchus war Zeuge", „Mörderische Weinkrimis".

Mehr unter: www.martina-fiess.de

Lilo Ulja Heimann, geboren in Dresden, studierte Germanistik und Philosophie und war als Redakteurin bei Tageszeitungen und Fachzeitschriften beschäftigt, darunter viele Jahre beim Hugo-Matthes-Verlag in Stuttgart. Anschließend schrieb sie in Leer/Ostfriesland Kurzkrimis und gab Anthologien heraus. Veröffentlichungen u. a. bei Leda (Strandkorbgeschichten 2006) rororo, Fischer-Tb und dem Mitteldeutschen Verlag in Halle. Lebt seit 2007 in Berlin. Mitglied im VS und den *Mörderischen Schwestern*.

Silvija Hinzmann, Jahrgang 1956, ist freie Übersetzerin und Autorin und lebt in Stuttgart. Seit 2003 hat sie eine Reihe von Kurzkrimis und einen Kriminalroman veröffentlicht. Außerdem ist sie Mitherausgeberin von Kurzkrimianthologien. Mitglied im *Syndikat* und bei den *Mörderischen Schwestern*.

Mehr unter: http://www.silvija-hinzmann.de

Anita Konstandin lebt in Stuttgart und arbeitet als freie Texterin und Buchautorin. Erste Erfolge: „Onkel Giorgio" (FDA-Literaturpreis 2005), „Rollenspiel" (Bookspot-Verlag 2005), „Mord auf dem Killesberg" (Ariadne-Verlag 2006), „Bad Cannstatter Profile" (Edition Profile 2007).

Tatjana Kruse, Jahrgang 1960, Übersetzerin und Autorin stammt aus Schwäbisch Hall, der „Hauptstadt" von Hohenlohe, in der sie heute wieder lebt und arbeitet. Neben zahlreichen Kurzkrimis hat sie vier Bücher rund um „Die Wuchtbrumme" (alle Goldmann) veröffentlicht. 1996 erhielt sie den „Marlowe" der Raymond Chandler Gesellschaft, 1997 den Fancy Media Kurzkrimipreis. Sie war bereits dreimal für den Agatha-Christie-Preis nominiert. Ihr neuester Krimi heißt „Vorsicht: Stufen!". Sie ist Mitglied beim *Syndikat* sowie bei den *Sisters in Crime*.

Mehr Informationen unter www.tatjanakruse.de

Sandra Lüpkes, geboren 1971, lebt in der ostfriesischen Kleinstadt Norden, wo sie als freie Autorin, Sängerin und Kabarettistin arbeitet. Mit ihrer oftmals chaotischen, Kommissarin Wencke Tydmers, die in erster Linie an der Küste und auf den Inseln ermittelt, ist sie weit über den norddeutschen

Tellerrand hinaus bekannt geworden. Zuletzt erschienen: „Die Wacholderteufel" (rororo 2006), „Das Sonnentau-Kind" (rororo 2007)

Britt Reißmann, geboren 1963 in Naumburg/Saale, war Intarsienschneiderin und Sängerin, bevor sie nach Baden-Württemberg kam; seit 1999 arbeitet sie bei der Mordkommission Stuttgart. Sie lebt als Neig'schmeckte mit ihrer Familie im Süden Stuttgarts und ist Mitglied bei den *Mörderischen Schwestern (Sisters in Crime).* Veröffentlichungen zahlreicher Kurzkrimis und von zwei Kriminalromanen.

Mehr unter www.britt-reissmann.de

Niklaus Schmid, geboren 1942 in Duisburg. Mit achtzehn tourte er mit Zirkus Althoff durch Frankreich und Schweden, mit dreißig reiste er durch Indien, Afrika und Südamerika. Seit 1978 lebt Niklaus Schmid als freier Schriftsteller in Duisburg und auf Formentera. Er schreibt Reisebücher, Hörspiele und Krimis – darunter drei Romane mit dem Privatdetektiv Elmar Mogge, die an Rhein und Ruhr und auf den Balearen spielen. 2005 wurde Niklaus Schmid für seine Kurzgeschichte „Müntefering singt" mit dem Kulturpreis Hochsauerlandkreis ausgezeichnet.

Peter Wark wurde 1961 auf der Schwäbischen Alb geboren, was seiner sozialen und geistigen Entwicklung nicht geschadet hat. Nach einigen (hoch)schulischen Irrungen und Wirrungen absolvierte er ein Tageszeitungs-Volontariat. Seither ist er als Redakteur tätig. Lebt heute in Nordwürttemberg. Peter Wark hat bisher sechs Kriminalromane und zahlreiche Kurzgeschichten veröffentlicht.

www.warkkrimi.de